Herr Opp

Alice Caldwell Hegan Rice

Writat

Diese Ausgabe erschien im Jahr 2024

ISBN: 9789359943312

Herausgegeben von
Writat
E-Mail: info@writat.com

Inhalt

ICH

„ Ich HOFFE, Ihr Passagier hat seinen Zug nicht verpasst", bemerkte der Fährmann zu Mr. Jimmy Fallows, der am Flussufer saß und den Anstreicher seiner klapprigen kleinen Naphtha-Barkasse lose in der Hand hielt.

"Herr. Opp?" sagte Jimmy. „Ich wette, er hat es getan. Wenn es einen Menschen auf der Welt gibt, der ein Talent dafür hat, Dinge zu übersehen, dann ist es Mr. Opp. Ich habe ihm nie gesagt, dass er es nicht einfach verpasst hat, einen Tausend-Dollar-Job zu bekommen, ein Patent zu erfinden oder sich verletzt zu fühlen, als er eine Unfallversicherung abgeschlossen hat. Wenn er tatsächlich einen Zug erwischt hat, dann ist er wahrscheinlich in die falsche Richtung gefahren."

Jimmy wartete seit neun Uhr morgens, und es war jetzt weit nach Mittag. Er war ein ruhiger Herr von krummlinigem Typ, mit kurzen Gliedmaßen und großem Umfang. Seine Hose in diesem mürrischen Farbton, den die Landleute „Pflaume" nennen, reichte ihm bis zu den Achseln, und sein Hut, groß, aus Filz und wettergegerbt, wurde nur durch den hartnäckigen Widerstand zweier kleiner, knöpfiger Knöpfe daran gehindert, seinen Kopf zu verdecken. wie Ohren.

"Herr. Opp war schon lange nicht mehr in der Bucht, oder?" fragte der Fährmann, dessen geistiges Leben ausschließlich von den Informationskrümeln abhing, die zufällige Passanten verstreuten.

„Das dauert zwei Jahre", sagte Mr. Fallows. „Ich schätze, er war so damit beschäftigt, Stiftungen zu gründen, Eisenbahnen aufzukaufen und Dinge allgemein zu fördern, dass er keine Zeit hatte, nach Hause zurückzukehren. Es ist die Beerdigung seines Stiefvaters, die ihn jetzt dorthin bringt. Die Städter scheinen ihre Verwandten auf dem Land nur dann wiedersehen zu wollen, wenn sie tot sind."

runterkommt ?" fragte der Fährmann und beschattete seine Augen mit den Händen.

Mr. Fallows kam mit einiger Mühe auf die Beine.

„Ja, das ist er. Hustlin', um die Band zu schlagen. Ich frage mich, ob er mich für eine Straßenbahn hält."

Mit großen Schritten kam ein kleiner Mann von etwa fünfunddreißig Jahren den Kai entlang und pfiff dabei. In einer Hand trug er einen großen Koffer und in der anderen einen neuen, glänzenden Griff. Auf beiden war in gut sichtbaren Buchstaben „D. Webster Opp, Kentucky."

Tatsächlich war alles an ihm offensichtlich darauf ausgelegt, gesehen zu werden. Sein neuer Anzug aus aufdringlichem Karomuster, seine prächtige Krawatte, die unter dem Gewicht einer riesigen Schalnadel durchhängte, seine braune Mütze, seine neuen hellbraunen Schuhe – all das verlangte individuelle und sofortige Aufmerksamkeit.

Das einzig Unbedeutende an Herrn Opp war er selbst. Sein schmächtiger, unentwickelter Körper schien sich in einem chronischen Zustand der Entschuldigung dafür zu befinden, dass er es versäumt hatte, die prächtige Kleidung, mit der er bekleidet war, richtig zur Geltung zu . Sein pockennarbiges Gesicht, das an den Schläfen breit war, ging in ein kleines, spitzes Kinn über, das wiederum steil in einen langen, dünnen Hals überging. Es waren jedoch Mr. Opps Augen, die man zuerst sah, denn sie waren einzigartig lebhaft und hatten einen Ausdruck, der Fremde manchmal dazu brachte, auf der Straße stehen zu bleiben und ihn zu fragen, ob er mit ihnen gesprochen habe. Klein, blass und mit roten Rändern, wirkten sie dennoch hungrig – Hunger nach der Hoffnung oder dem Glück des vergänglichen Augenblicks.

Als er geschäftig zum Ufer hinabkam, reichte er Jimmy Fallows freundlich die Hand.

„Wie geht es dir, Jimmy?" sagte er mit bedeutungsvoller Stimme. „Ich hoffe, ich habe dich nicht lange warten lassen. Mehrere geschäftliche Angelegenheiten kommen im letzten und letzten Moment zur Sprache, und ich habe den Morgenzug verpasst."

Jimmy, der in der Barkasse gerade Benzin in einen Tank füllte, zwinkerte dem Fährmann wundersam zu.

„Oh, nicht länger als vier oder fünf Stunden", sagte er und warf einen Seitenblick voller und Bewunderung auf Mr. Opps Kleidung. „Es ist gut, dass es die Beerdigung war, die du statt des Sterbebetts erreichen wolltest."

„Oh, das erinnert mich daran", sagte Mr. Opp und tauschte plötzlich seine fröhliche Miene gegen eine ernst werdende Miene – „um wie viel Uhr werden die Trauerfeierlichkeiten stattfinden?"

„Wann immer wir dort ankommen", sagte Jimmy, stieß die Barkasse ab und winkte dem Fährmann zu. „Sie sind einer der Haupttrauernden, und ich bin der Bestatter; Es besteht keine große Gefahr, wenn wir gehen."

Mr. Opp deponierte sein Gepäck vorsichtig auf dem Sitz und breitete seinen Mantel über dem neuen Griff aus, damit er nicht bespritzt wurde.

„Wie lange war Mr. Moore krank?" fragte er und fächelte sich mit seinem Hut Luft zu.

„Nun", sagte Jimmy, „nach seinen eigenen Angaben befand er sich etwa einundzwanzig Jahre lang in einem gefährlichen und kritischen Zustand." Ich habe ihn in dieser Zeit durchschnittlich viermal am Tag gesehen und als ich ihn gestern Abend in seinem Sarg sah, versäumte es der alte Herr, mich als Gegenleistung um etwas zu trinken zu bitten seines schlechten Gesundheitszustandes."

„Ist Ben da?" fragte Herr Opp, während er einen Stundenplan studierte und sich eine Notiz in seinem Notizbuch machte.

„Dein Bruder Ben? Ja; Er kam heute Morgen, kurz bevor ich ging. Er hat viel geflucht, weil du nicht da warst, also konnten sie weitermachen und durchkommen. Er möchte heute Abend nach Missouri zurückkehren.

„Ist er draußen im Haus?"

"NEIN; er ist in Ihrem Hotel.

Mr. Opp blickte überrascht auf und Jimmy kicherte.

„Da ist der Name meines neuen Hotels. Ich habe angefangen, das Gefühl zu haben, dass du weggegangen bist. Ich und der alte Tucker haben all die Jahre Seite an Seite Pensionen geführt. Was hat er letzten Sommer gemacht, außer rauszugehen und ihm ein Schild zu besorgen, das so groß ist wie die Seite des Hauses, und Nick Fenny dazu zu bringen, „Unser Hotel" darauf zu malen; Dann stellte er es direkt auf der anderen Seite des Bürgersteigs auf, vom Tor bis zur Straße. Ich habe nichts gesagt, aber die Jungs sollen bis zum nächsten Tag mit mir weitermachen; Dann besorgte ich mir ein Schild, genau wie seines, mit der Aufschrift „Ihr Hotel" darauf und hängte es über meinen Bürgersteig. Es wäre ihm ziemlich egal, wenn sie jetzt beide am Boden wären; aber er wird seins nicht abbauen, solange meins oben ist, und ich habe keine Ahnung, wie ich es abbauen soll."

„Ja", sagte Herr Opp geistesabwesend, denn seine Gedanken waren immer noch beim Stundenplan; „Ich sehe, dass es eine Unterkunft gibt, die morgen gegen Mittag von Coreyville abfährt. Es ist ein wenig unbequem, fürchte ich, aber glauben Sie, Sie könnten mich rechtzeitig zurückbringen, um es einzunehmen?"

„Warum, was hast du so eilig?" fragte Jimmy und steuerte auf die Mitte des Baches zu. „Ich dachte, du würdest einen Zauber besuchen, mit all diesen Taschen und Sachen."

Mr. Opp warf achtlos den Mantelärmel zurück, um den Namen auf dem Koffer besser zur Geltung zu bringen. „Das sind Samples von Schlagzeugern", sagte er fast ehrfürchtig – „die beste Schuhkollektion, die von einem Haus in den Vereinigten Staaten herausgebracht wurde, abgesehen von keinem."

„Ich dachte, Sie wären in der Versicherungsbranche tätig", sagte Jimmy.

"Ach nein; Das war letztes Jahr, kurz bevor ich in einer Zeitung berichtete. Das" – und Mr. Opp versuchte, seine Hände auszubreiten, ließ sich aber durch die Größe seiner Manschetten ein wenig abschrecken – „das ist die Chance, nach der ich mein ganzes Leben lang gesucht habe." Es erfordert Verstand, gebildete Nerven und Wissen über die Welt. Ich sollte in den nächsten Jahren beträchtliches Kapital schaffen. Und sobald ich das tue" – und Mr. Opp beugte sich ernst zu Jimmy und tippte mit einem Finger auf die Handfläche seiner anderen Hand – „so bald wie ich das tue, habe ich vor, das gesamte Land zwischen Turtle Creek aufzukaufen und der Fluss. Unter diesem Boden befindet sich genug Öl, um die unruhigen Gewässer des Pazifischen Ozeans zu bewältigen. Erinnern Sie sich an den alten Mr. Beeker? Nun, er erzählte mir vor zehn Jahren, dass er dort einen Brunnen für Sole gebohrt hatte und dieser so voll mit schwarzem Erdöl war, dass er ihn aufgeben musste. Jetzt denke ich darüber nach, eine Aktiengesellschaft zu gründen – Sie und Mr. Tucker, ich und der alte Hager und ein oder zwei andere – und dieses Grundstück aufzukaufen. Dann bohren wir einen Testbrunnen, stellen einen Bohrturm und eine Maschine auf und bringen das Ding im Handumdrehen zum Laufen. Die Hauptsache ist ein kompetenter Manager. Weißt du, dass ich ernsthaft darüber nachdenke, es selbst zu tun? Das ist ein zu großes Unterfangen, als dass man damit irgendwelche Risiken eingehen könnte."

„Hier, sagen wir, warten Sie eine Minute; Wie lange hast du diesen Schuhjob hier schon gehabt?" Jimmy fing wie verrückt an, als er die erste Tatsache wahrnahm, die ihm in den Sinn kam, um zu verhindern, dass er von der Flut von Mr. Opps öligen Möglichkeiten mitgerissen wurde.

„Ich habe es letzte Woche genommen", sagte Herr Opp; „Ich musste den ganzen Weg nach Chicago fahren, um meine Anweisungen zu erhalten und mich auszurüsten. Mein Territorium ist ein besonders wichtiges; vier Landkreise rund um Chicago."

„Ich war einmal in Chicago", sagte Jimmy und seine Augen leuchteten bei der Erinnerung. „Bei Gott! Wenn die Welt in jede Richtung so groß ist wie dort, ist sie ein Wahnsinn!"

Der Wind, der auffrischte, als sie losfuhren, lockerte die Leinwand über ihnen, und Mr. Opp erhob sich, um sie festzuschnallen. Als er halb im Bug des Bootes kniete, hob er sein Gesicht in die kühle Brise und atmete tief ein. Der prosaische Fluss von Coreyville zur Bucht war die Autobahn, die er am besten auf der Welt kannte. Unter der Sommersonne verlor das gelbe Wasser seinen düsteren Farbton und spiegelte leuchtend rote und weiße Flecken in den Hütten und Scheunen wider, die am fernen Ufer verstreut waren.

„Ich glaube nicht, dass es im Land irgendwelche Landschaften gibt, die auch nur annähernd mit denen hier vergleichbar wären", verkündete Herr Opp aus der Tiefe seiner umfassenden Erfahrung. „Sehen Sie sich nur den Sonnenschein an, der rund um die Spitze der Insel scheint. Es ergießt sich durch die Bäume und versickert über dem Wasser, genau wie Quecksilber. Das ist ein guter Gedanke! Es ist absolut erstaunlich, man könnte sagen überraschend, wie leicht mir Gedanken kommen. Ich sollte Schriftsteller werden; Viele Leute haben das gesagt. Es gibt keinen in meinem Leben, an dem ich nicht ein Gedicht im Kopf habe."

„Scheiße!" bemerkte Jimmy Fallows. „Ich würde auf einem Schleppboot genauso gern Feigen lesen wie Gedichte. Der alte Mann Gusty schrieb früher Gedichte, aber er konnte niemanden dazu bringen, sie zu drucken, also beschloss er, in der Bucht eine Zeitung zu gründen und sie mit seinen eigenen Gedichten zu füllen. Er kaufte eine ganze Druckerei und richtete sie in Pete Akers alter Tischlerei da draußen am Stadtrand, gegenüber seinem Haus, ein. Aber bevor er mit der Arbeit anfing, starb er. Jawohl; und das einzige seiner Gedichte, das er jemals gedruckt hat, war das, das seine Frau in seinen Grabstein gemeißelt hatte."

Herr Opp hörte nicht zu. Mit entblößtem Kopf und geöffneten Lippen gönnte er sich seiner größten Schwäche. Man muss zugeben, dass Mr. Opp einem heftigen Rausch verfiel, der nicht von außen herrührte, sondern von allzu liberalen Entwürfen seiner eigenen Fantasie herrührte. Zur Abmilderung könnte man den Anspruch auf Genialität geltend machen, denn er war zweifellos ein Genie, er etwas aus dem Nichts erschuf. Aus einer ungewöhnlichen Kindheit, einer einsamen Kindheit und einem von Misserfolgen geplagten Mann heraus hatte er eine spannende Karriere geschafft. Jedes weitere Unterfangen hatte sich vor seinem Horizont voller Möglichkeiten aufgetürmt, und bevor es in Vergessenheit geriet, hatte ein anderer, unheilvoller und bedeutsamer Plan seinen Platz eingenommen. Das Leben war eine Abfolge von Krisen, und durch sie hindurch sah er sich selbst bewegen, bald ein kluger Kaufmann, bald ein Berufsmann, wieder ein bedeutender Autor, aber vor allem ein Förderer großer Unternehmen, ein Finanzier und ein Geschäftsmann.

Während er in Gedanken damit beschäftigt war, Ölquellen zu bohren, Gedichte zu verfassen und Schuhe zu verkaufen, betrachtete Jimmy Fallows mit faszinierter Verwunderung einen Gegenstand, der aus seiner Manteltasche schwebte. Aus einem unvollkommen verpackten Paket aus braunem Papier hing eine Locke goldenen Haares, die im Wind auf eine Art und Weise hin und her schaukelte, die Mr. Fallows in einen Zustand äußerster Neugier versetzte.

Jimmy war so sehr mit seinen Nachforschungen beschäftigt, er seinen Kurs nicht halten konnte und die Barkasse mit einem so plötzlichen Ruck um das Ende der Insel herumschwang, dass Mr. Opp einen unerwarteten Platz einnahm.

Dabei berührte er mit der Hand das Papierpaket in seiner Tasche, und als ihm klar wurde, dass es nicht verschnürt war, versuchte er eilig, durch eine Reihe von Schleichmanövern zu verbergen, was es enthielt. Als er spürte, wie der fragende Blick seines Schiffskameraden auf ihm ruhte, nahm er eine Miene einstudierter Gleichgültigkeit an und ignorierte stoisch das unterschwellige Lachen und wissende Augenzwinkern, das Mr. Fallows sich hingab.

Als die Situation nun ernst geworden war, bemerkte Herr Opp, dass er davon ausginge, dass die Beerdigung in der Kirche stattfinden würde.

„Ich denke schon", sagte Jimmy und antwortete widerstrebend auf den Ruf des Gesprächsruders. „Ich habe den Jungs gesagt, sie sollen einen Hack für Sie und Mr. Ben und Miss Kippy bereithalten."

„Ich glaube nicht, dass meine Schwester dort sein wird", sagte Herr Opp würdevoll; „Sie verlässt selten oder nie das Haus."

„Ich gehe davon aus, dass Mr. Ben sich jetzt um sie kümmern muss", sagte Jimmy; „Sie wird ihren Vater sicherlich vermissen. Seit ich ihn kannte, hat er nie einen Funken Arbeit geleistet, aber er war ein netter, ruhiger alter Kerl, und er war auf jeden Fall gut darin, Miss Kippy zu beschäftigen."

"Herr. Moore war ein Gentleman", sagte Mr. Opp und seufzte.

„Hat sie keine Verwandten auf seiner Seite? Keine Leute außer euch beiden Halbbrüdern?"

„Das ist alles", sagte Herr Opp; „Nur ich und Ben."

„Mensch! Das ist ziemlich hart für dich, all,nicht wahr?"

Aber das Mitgefühl kam zur Unzeit, denn die Würde von Herrn Opp war an einer sensiblen Stelle berührt worden.

„Für unsere Schwester wird gut gesorgt sein", sagte er und das Gespräch bekam einen Rückschlag.

Mr. Opp widmete sich wieder seinen Stundenplänen und seinem neuen Notizbuch, und für den Rest der Reise widmete sich Jimmy seinem Rad, mit gelegentlichen Augenausflügen in Richtung Mr. Opps Manteltasche.

II

„DIE BUCHT" GENANNT, LAG in der Flussbiegung, die nächste Eisenbahnlinie achtzehn Meilen entfernt, und ruhte friedlich und ungestört vom Fortschritt der Welt. Einmal am Tag, zu jeder Zeit zwischen Sonnenuntergang und Mitternacht, wurde es durch die Ankunft des Postschiffs aus seiner Schläfrigkeit geweckt, setzte sich auf und rieb sich die Augen, bis es vorübergehend wach wurde. Diese Belebung war jedoch nur von kurzer Dauer, denn bevor das Paket zur nächsten Landung gepfiffen hatte, war die Bucht wieder in den Schlaf versunken.

Die Hauptstraße begann mit einem schäbigen, ungestrichenen Schulhaus und endete nach einer dramatischen Sequenz abrupt auf dem Friedhof. Zwei Querstraßen, die mit lobenswerten Vorstellungen von Unabhängigkeit begonnen hatten, verloren an der Main Street den Mut und suchten nach Stärke in der Vereinigung; Aber das Experiment war nicht erfolgreich und es entstand ein Kuhpfad. Der einzige Anschein von Frivolität in der Stadt waren ein paar vereinzelte Hütten auf Stelzen unterschiedlicher Höhe, je weiter sie sich dem Fluss näherten; denn sie schienen ständig dabei zu sein, ihre Röcke hochzuhalten, um ins Wasser zu waten.

An diesem besonderen Sommernachmittag war Cove City weniger unruhig als sonst. Es fehlte die Ansammlung von Faulenzern, die normalerweise die auf dem Bürgersteig gestapelten leeren Kisten schmückten. Die alten Fahrzeuge und abgenutzt aussehenden Maultiere, die normalerweise einen unregelmäßigen Rand entlang der Deichsel bildeten, fehlten auffällig. Eine gedämpfte Aufregung lag in der Luft, und beim leisesten Geräusch erschienen weibliche Köpfe an den Fenstern und männliche Gestalten in den Türen, und von einer Straßenseite zur anderen wurden leise Kommentare ausgetauscht. Denn der Verlust eines Bürgers, selbst eines armen, bringt die Oberfläche der Dinge durcheinander und wenn das Ereignis zwei Verwandte aus der Ferne zusammenbringt, verstärken sich die Wellen der Aufregung merklich.

Mr. Moore war sozusagen ein Schwiegerbürger gewesen und wurde nie anders betrachtet als als Witwer der armen Mrs. Opp. Der arme Witwer von Mrs. Opp hätte es vielleicht treffender ausgedrückt, aber selbst eine Stadt hat ihre elterlichen Schwächen.

Seit zwei Generationen war die Familie Opp eine Quelle des Mysteriums und der Romantik für die Bucht. Es stand abseits, wie das Haus, das es beherbergte, arm und schäbig, aber mit einer verwirrenden Atmosphäre der Vornehmheit, der Überlegenheit und der Zurückhaltung.

Alte Frauen erinnerten sich an seltsame Geschichten aus der Zeit, als Frau Opp als Braut in die Bucht gekommen war, und wie sie sich weigerte, einen der Stadtbewohner zu treffen, und allein in dem alten Haus am Flussufer lebte und stundenlang Wache hielt für den wilden jungen Ehemann, der auf einem der Flussdampfer arbeitete. Sie erzählten, wie sie vor lauter Warten dünn und blass wurde und wie sie, ihre beiden Jungen noch klein waren, sie stundenlang neben sich stehen ließ, den Fluss beobachtete und auf das Pfeifen seines Bootes lauschte. Dann hieß es, der schwule junge Ehemann sei überhaupt nicht mehr gekommen, und sie habe trotzdem zugesehen und gewartet, die Jungen nie aus den Augen gelassen und sich geweigert, sie zur Schule zu schicken oder sie mit anderen Kindern spielen zu lassen. Nach und nach wurde bekannt, dass ihr Mann bei einem Streit um Karten getötet worden war, und die kleine Mrs. Opp, die jetzt nichts mehr hatte, worauf sie achten und warten musste, veränderte sich plötzlich seltsam.

Die alte Tante Tish, die Negerdienerin, war die einzige Person, die jemals die Schwelle überschritt, und sie erzählte von einem seltsamen Leben, das sich hinter den dicht verhangenen Fenstern abspielte, wo das Sonnenlicht nie eindringen durfte und die Lampen den ganzen Tag brannten.

„Ja, das bin ich", antwortete sie auf neugierige Fragen; „Hit ist einfach so, als würde man die ganze Zeit schauspielern. Die Missis kleiden sich schick und neigen dazu, als wäre sie eine Königin oder ein Herzog oder so etwas, und der kleine D. führt einfach alle dummen Dinge aus, die sie ihm sagt, und das tut er Er ist überhaupt er selbst, aber er ist jemand, der groß, mächtig und großartig ist."

Als die Jungen halb erwachsen waren, erschien ein Fremder in der Bucht, ein eleganter kleiner Mann von etwa fünfzig Jahren in einem schäbigen Gehrock und einem schäbigeren hohen Hut, mit freundlichem Gesicht und sanfter Stimme, aber mit der Würde bewusster Überlegenheit. Am Tag seiner Ankunft besuchte er Frau Opp; Am zweiten Tag nahm er eine Predigerin mit und heiratete sie. Welche alte Romanze auch immer zu diesem Höhepunkt geführt hatte, konnte von den neugierigen Stadtbewohnern nur undeutlich erahnt werden.

Zwei Jahre lang kämpfte Mr. Moore um den Verstand seiner alten Geliebten, so wie er schon vor langer Zeit um ihr Herz gekämpft hatte. Er öffnete das Haus für die Sonne und lockte die kleine Dame zurück in die Welt, die sie vergessen hatte. Die Jungen wurden zur Schule geschickt, die alten Spiele und Fantasien waren verboten. Allmählich kehrte die Farbe in ihre Wangen zurück und das Leuchten in ihre Augen.

Dann wurde die kleine Kippy geboren, und die gebrechliche kleine Frau im großen Himmelbett erlebte ein Glück, wie es selten jemand erlebt, der den

Abschaum des Lebens gekostet hat Zehn Tage lang hielt sie die Babyfinger an ihr Herz und sah zu, wie sich die kleine Blüte einer Magd entfaltete.

Doch in einer schwarzen Nacht, als der Regen gegen die Scheiben prasselte und das Stöhnen des Flusses in ihren Ohren ertönte, richtete sie sich plötzlich im Bett auf: Sie hatte das Pfeifen seines *Bootes gehört*! Voller stummer Angst kroch sie zum Fenster und wartete und schaute zu, das Gesicht an die Glasscheibe gedrückt. Die Gegenwart wurde von der Vergangenheit verschluckt. Sie war wieder allein, ungeliebt, voller Angst. Heimlich schnappte sie sich einen Umhang, kroch in den Garten hinunter und tastete sich durch das durchnässte Gras und das Unkraut, das der Regen niedergedrückt hatte.

Und seitdem lugen Kinder, wenn sie auf dem Weg zur Schule am Haus vorbeikommen, durch die kaputten Zaungitter und weisen einander voller Ehrfurcht auf den Baum hin, unter dem sich Miss Kippys Mutter umgebracht hat. Dann schauen sie halb ängstlich zu den Fenstern in der Hoffnung, einen Blick auf Miss Kippy selbst zu erhaschen.

Denn Kippy hatte in ihrem dreizehnten Lebensjahr eine lange Krankheit gehabt, die ihr das Gesicht und den Geist eines kleinen Kindes zurückließ, und der freundliche, schäbige Mr. Moore, der die größte Anstrengung seines Lebens unternommen hatte, hörte von diesem Zeitpunkt an auf, gegen die Krankheit zu kämpfen Schwäche, die ihn ein halbes Leben lang geplagt hatte, und die er in harmlosen, aber immerwährenden Trankopfern in Vergessenheit zu bringen suchte. Die einzige Pflicht, die er erkannte, war die Fürsorge für seine kranke Tochter.

Sobald sie alt genug waren, starteten die Jungen ihr kleines Boot und machten sich auf die Suche nach ihrem Glück. Ben, der keine Ladung außer seinen eigenen Wünschen an Bord hatte, ging nach Westen und fand einen gemütlichen und komfortablen Hafen, während D. Webster, die Hoffnung seiner Mutter und der Stolz der Stadt, mit fünfunddreißig immer noch auf See hinausfuhr. Mit gesetzten Segeln landete er immer wieder auf den Sandbänken der altbekannten Bucht.

III

Jimmy FALLOWS , der prahlerische Besitzer des flinksten Pferdes der Stadt, war der Erste, der von der Beerdigung zurückkam. Mit einiger Mühe befreite er sich aus dem schmalen Kinderwagen und reichte Mrs. Fallows die Hand. Aber diese imposante Dame, die offensichtlich von ihrem jovialen Herrn beleidigt war, lehnte seine angebotene Hilfe ab und kletterte auf der anderen Seite über das Lenkrad.

Mrs. Fallows, deren architektonische Wirkung streng senkrecht war, warf einen fortwährenden Schatten der Missbilligung auf den Lebenspartner, den die Vorsehung ihr geschenkt hatte. Jimmy war ein geborener Satiriker; Er wusste, dass die Dinge nicht so sind, wie sie scheinen, und er freute sich darüber. Für seine im wahrsten Sinne des Wortes Frau schien er manchmal die Verkörperung der Bosheit zu sein.

Sie schwenkte würdevoll unter dem geschwungenen Schild Ihres Hotels, nahm auf der Veranda Platz, legte ihre Zobelgewänder um sich, faltete ihre behandschuhten Hände und wartete darauf, dass die Leute von der Beerdigung zurückkamen.

Mit dem unsicheren Gesichtsausdruck von jemandem, der bereit ist, sich zu entschuldigen, sich aber nicht an das Vergehen erinnern kann, schwebte Jimmy unbehaglich umher und warf verlockende Konversationsköder in die Stille, doch es gelang ihm nicht, auch nur den Hauch von Aufmerksamkeit zu erregen.

„Miss Jemima Fenny war aus Birdtown zur Beerdigung gekommen. Miss Jim ist eine von ihnen, nicht wahr?"

Es gab keine Antwort.

„Hatte ihren Bruder Nick dabei. Er hat gerade sein Typhus-Fieber überstanden; sieht in Größe und Farbe etwa so aus wie ein Schieferstift. Ich wette, trotz Miss Jims feiner Kleidung haben sie seit einem Monat keine ordentliche Mahlzeit mehr bekommen. Das liegt daran, dass sie ihn so lange in der Schule gehalten hat, als er bei der Arbeit war. Kurz bevor er krank wurde, bekam er einen Job in einem Zeitungsbüro in . Sie sagen mir, dass er in Sachen Zeitungsarbeit ein geschickter Kerl ist."

Anhaltende Stille; aber Jimmy warf mutig eine weitere Fliege:

„Die letzte Beerdigung, die wir hatten, war die von Mrs. Tucker, nicht wahr? Der alte Tucker war heute dort. Das Kreppband an seinem Hut klettert nach oben; Es wird bald wieder auf Hochmast sein.

Dichte, nervenaufreibende Stille; aber Jimmy machte noch einen Versuch:

„Die Opps kommen heute Abend hierher zurück, um die Dinge zu besprechen, bevor Ben nach Missouri weiterreist. Er rechnet damit, dass er das Nachtboot fährt. Es wird ihm nicht viel Zeit geben, oder?"

Aber Mrs. Fallows starrte unentspannt vor sich hin; Sie hatte sich in die schwierigste aller Erwiderungen, das Schweigen, geflüchtet, und der fehlbare Jimmy, der durch Misshandlungen stark wurde und Erfolg hatte, sank und schmachtete unter dieser neuen und grausamen Form der Bestrafung.

Erst als ein Kinderwagen vor der -Tür anhielt und die Opp-Brüder herunterkamen, ließ die Spannung etwas nach.

Jimmy begrüßte sie mit der Freude eines Arktisforschers, der eine Hilfstruppe begrüßt.

„Kommen Sie gleich hier rein, ins Büro", rief er gastfreundlich; „Dein Gerede wird mich überhaupt nicht stören."

Aber Ben äußerte unvermittelt seinen Wunsch nach mehr Privatsphäre und ging voran die Treppe hinauf.

Der Raum mit der niedrigen Decke, in den er D. Webster führte, wirkte so deprimierend eintönig, dass nicht einmal die grün-rote Bettdecke die Düsternis zerstreuen konnte. Die einzige Dekoration, klassisch in ihrer Strenge, war eine große Werbung für eine Wirtschaftshochschule, auf der aus einer Bandschleife der Kopf eines Elchs wuchs, dessen Hörner sich zu einem Wald aus Kurven und Schnörkeln verzweigten und wieder verzweigten.

Der ältere Opp nahm seinen Platz am Fenster ein und trommelte mit ungeduldigen Fingern auf dem Fensterbrett. Er war klein wie sein Bruder, aber von kompakter, kräftiger Statur. Sein Kinn war nicht spitz zulaufend, sondern eckig und stur, und seine Augen geradeaus auf das, was er wollte, und sahen weder, noch kümmerten sie sich darum, was draußen lag. Seit er den Friedhof verlassen hatte, hatte er versucht, das Gespräch auf praktische Dinge zu reduzieren, aber D. Webster nutzte die erste Gelegenheit, um sich bei seinen nächsten Verwandten zu beeindrucken, und beharrte darauf, sich luftigen und zeitraubenden Höhenflügen hinzugeben.

Die Wahrheit ist, dass unser Herr Opp nicht glücklich war. Insgeheim empfand er ein wenig Mitleid angesichts des materiellen Erfolgs seines älteren Bruders. Daher war es notwendig, viel zu reden und die sehr wichtigen Geschäftsvorhaben, die er beginnen wollte, im Detail darzulegen.

Jetzt blickte Ben Opp auf seine Uhr.

„Sehen Sie", unterbrach er ihn, „das Boot kann jederzeit da sein. Wir sollten besser eine Entscheidung über das Anwesen treffen."

D. Webster fuhr sich mit den Fingern durchs Haar, das die kleine kahle Stelle dahinter tapfer verteidigte.

„Ja, ja", sagte er; „Geschäft ist Geschäft. " Ich muss morgen früh als Erstes loslegen. Diese Beerdigung hätte für mich zu keinem unglücklicheren Zeitpunkt stattfinden können. Sehen Sie, mein Sondergebiet –"

Aber Ben erkannte die Gefahr eines weiteren Blitzes und überprüfte ihn:

„Wie viel ist Ihrer Meinung nach das alte Haus wert?"

D. Webster holte sein glänzendes Notizbuch und seinen Bleistift hervor und führte ausführliche Berechnungen durch.

„Ich würde sagen", sagte er wie ein Finanzier zum anderen, „dass, einschließlich des Hauses, des Grundstücks und des dazugehörigen Inhalts, eine Gesamtsumme von etwa zweitausend Dollar ausmachen würde."

„Das ist ungefähr das, was ich mir vorgestellt habe", sagte Ben; „Wie viel Geld ist jetzt auf der Bank?"

D. Webster holte ein beeindruckendes Paket Briefe und Papiere aus seiner Innentasche hervor und gelang es nach einigem Suchen, eine Erklärung zu finden, in der dargelegt wurde, dass die Ripper County Bank tausend Dollar treuhänderisch verwaltete, zur Aufteilung zwischen den Kindern von Mary Opp Moore beim Tod ihres Mannes Curtis V. Moore.

"Eintausend Dollar!" sagte Ben und sah seinen Bruder ausdruckslos an. „Warum, um Himmels willen, wovon haben Mr. Moore und Kippy all die Jahre gelebt?"

D. Webster bewegte sich unruhig auf seinem Stuhl. „Oh, sie haben es geschafft, erstklassig miteinander auszukommen", sagte er ausweichend.

Sein Bruder sah ihn aufmerksam an. „Auf die Zinsen von tausend Dollar?" Er beugte sich vor und seine Miene verhärtete sich: „Sehen Sie, haben Sie die ganze Zeit Bargeld für diesen alten Kerl zum Faulenzen bereitgestellt? Sind Sie deshalb nie weitergekommen?"

D. Webster blinzelte, die Hände in den Taschen und die Füße vor sich ausgestreckt, in wütender Verlegenheit auf den großäugigen Elch über ihm.

„Wenn ich daran denke", fuhr Ben fort, während sein Zorn langsam zunahm, „daran, dass du all die Jahre hier in Kentucky geblieben bist und das, was du verdient hast, an diesen alten Schmarotzer verteilt hast." Ich machte Schluss, verdiente eine hübsche kleine Summe, heiratete und ließ mich nieder. Und was hast du getan? Wo bist du hingekommen? Wer sich so aufdrängen lässt, hat es verdient, zu scheitern. Was wollen Sie nun mit diesem Geld tun?"

Herr Opp hatte nicht vor, etwas zu unternehmen. Der Affront gegen seinen geschäftlichen Scharfsinn war so groß, dass er seine ganze Aufmerksamkeit beanspruchte. Er verfasste verschiedene denunziatorische Antworten, um seinen Bruder zu vernichten. Er schwankte zwischen zwei Möglichkeiten: ob er sich in gerechter Empörung auf ihn stürzen und körperliche Befriedigung fordern sollte oder ob er sich in ruhiger und männlicher Haltung erheben und ihn mit verderbendem Sarkasmus vernichten sollte. Und während die Entscheidung noch ausstand, saß er immer noch mit den Händen in den Taschen und ausgestreckten Füßen da und blinzelte empört zu dem verzierten Elch.

„Der Nachlass", fuhr Ben fort, noch immer voller Verachtung, „beläuft sich nach dem Verkauf des Hauses auf höchstens dreitausend Dollar. Ein Teil davon wird natürlich für den Unterhalt von Kippy verwendet."

Bei der Erwähnung ihres Namens senkte sich Mr. Opps Blick abrupt auf das Gesicht seines Bruders.

„Was ist mit Kippy? Sie wird bei dir wohnen, nicht wahr?" fragte er besorgt.

Ben Opp schüttelte nachdrücklich den Kopf. „Das ist sie sicherlich nicht. Ich habe nicht die geringste Ahnung, dass ich mich und meine Familie mit diesem schwachsinnigen Mädchen belasten soll."

„Aber sehen Sie", sagte Mr. Opp, dessen Wut angesichts dieser neuen Komplikation verflogen war, „Sie kennen Kippy nicht; Sie ähnelt einfach einem kleinen Kind, ruhig und sanft. Mache niemandem in seinem Leben Ärger. Sie spielt einfach mit ihren Puppen und singt den ganzen Tag vor sich hin."

„Genau", sagte Ben; „Fünfundzwanzig Jahre alt und immer noch mit Puppen spielend. Ich habe sie gestern gesehen, in allerlei alberner Kleidung, wie sie mit ihren Händen sprach und lachte. Tante Tish macht ihr Spaß, und ihr Vater hat ihr Spaß gemacht, aber das werde ich nicht tun. tut mir zwar leid, aber ich werde sie nicht mit nach Hause nehmen."

D. Webster drehte nervös den großen Siegelring, den er an seinem Zeigefinger trug. „Was meinst du dann", sagte er zögernd, „was willst du dagegen tun?"

„Schicken Sie sie natürlich in eine Anstalt. Dort hätte sie all die Jahre sein sollen."

Herr Opp, der auf seinem Rücken saß und ein Bein locker um das Stuhlbein geschlungen hatte, starrte ihn einen Moment lang bestürzt an, dann erhob er sich, erhob sich und stand zum ersten Mal, seit wir ihn getroffen hatten, auf schien seinen karierten Anzug vollständig auszufüllen.

„Schick Kippy in eine Irrenanstalt!" sagte er in einem Tonfall, der so empört war, dass sein Kinn zitterte. „Du wirst nichts dergleichen tun! Alles, was sie jemals auf der Welt hatte, war ihr Vater und Tante Tish und ihr Zuhause; Jetzt, wo er weg ist, willst du ihr doch nicht auch noch die anderen wegnehmen, oder?"

„Nun, wer wird sich um sie kümmern?" forderte Ben wütend.

„Das bin ich", verkündete D. Webster und legte dabei eine ebenso feine Haltung an den Tag wie sein berühmter Vorgänger; „Du nimmst das Geld, das auf der Bank ist, und hinterlässt mir das Haus und Kippy. Das wird ihr und meiner sein. Ich kann mich um sie kümmern; Ich bitte niemanden um einen Gefallen. Angenommen, ich verliere meinen Job; Ich hole mir noch eins. Es gibt ein Dutzend Möglichkeiten, wie ich meinen Lebensunterhalt verdienen kann. Es gibt keinen Mann im Staat, der über mehr Ressourcen verfügt als ich. Ich habe jetzt Pläne, die revolutionieren werden –"

„Ja", sagte Ben leise, „du konntest immer großartige Dinge tun."

D. Websters bis zum Äußersten aufgeblähter Egoismus platzte bei diesem Stich, und er brach plötzlich zusammen. Er ließ sich schlaff auf den Stuhl neben dem Tisch fallen und hielt sich die Hand vor den Mund, um seine Aufregung zu verbergen.

„Es gibt eine Sache", begann er, schluckte heftig und zwinkerte nach jedem Wort, „die ich nicht tun kann und das ist, eine – Schwester – sterben zu lassen – unter Fremden."

Und dann sank zu seiner Demütigung unerwartet sein Kopf auf seine Arme, und eine Flut von Tränen trübte den Glanz seines Fünfundzwanzig-Cent-Vierspänners.

Von weit unten am Fluss ertönte das Pfeifen des Bootes, und im Raum darunter zog Jimmy Fallows widerstrebend ein Ohr aus dem Ofenrohrloch.

„Melindy", sagte er vertraulich und vergaß den Spätfrost völlig, „ich habe noch nie jemanden auf der Welt gesehen, der so gut darin bestand, den Narrenpreis zu gewinnen, wie dieser da, D. Opp."

IV

Das ALTE Opp House stand hoch oben am Flussufer und blickte einsam in die Sommernacht hinaus. Es war ein schäbiger, heruntergekommener, niedergeschlagener Ort, dessen eine Seite oben und unten schwache Lichter zeigte, die andere Seite jedoch so zugenagelt, leer und nutzlos war, dass es den Anschein erweckte, als sei der Ort auf einer Seite gelähmt Seite und dass auf der anderen Seite kaum noch genug Lebenskraft vorhanden ist, um das Leben aufrecht zu erhalten.

Um die Sache noch schlimmer zu machen, heulte ein alter Hund düster auf der Türschwelle und blieb nur gelegentlich stehen, um an der eisernen Klinke herumzuscharren und nach dem Herrn zu wimmern, dessen unsicheren Fußstapfen er dreizehn Jahre lang gefolgt war.

Im vorderen Raum warf eine abgeschirmte Lampe, niedrig gedreht, einen Lichtkreis auf den Tisch und den Boden und hinterließ die Ecken voller vager, unsicherer Schatten. Aus dem breiten, schwarzen Kamin ragten zwei rostige und ramponierte Feuerböcke mit leeren Armen heraus, und auf dem hohen Steinbrett über der Öffnung stand, auf beiden Seiten von einer ausgestopften Eule flankiert, eine große, quadratische Uhr mit Stundenanzeige. Hand fehlt. Der Minutenzeiger drehte sich immer noch nutzlos, und dahinter, auf dem Zifferblatt der Uhr, schaukelte ein winziger Schoner mit gesetzten Segeln im Schwingen des Pendels.

Das laute Ticken der Uhr und das Wehklagen des Hundes draußen waren nicht die einzigen Geräusche, die die Nacht störten. Vor dem leeren Kamin schlief eine alte Negerin in einem hochlehnigen Rohrstuhl mit gesenktem Kopf und stöhnte und murmelte im Schlaf. Sie war vor Alter gebeugt und aschfahl, und ihre braune Haut hing in langen Falten von ihrem Gesicht und ihren Händen herab. Auf ihrer Stirn, die von der Stirn bis zum verblassten Turban reichte, prangte ein abscheuliches Zeugnis eines uralten Konflikts. Ein großes, unregelmäßiges Loch, über das das gewachsen war, pulsierte so empfindungsfähig und gebieterisch wie ein nacktes, lebendiges Herz.

Irgendwo im Haus oben knallte ein Fensterladen heftig zu, und im Schatten des Zimmers regte sich furchtbar etwas. Es war eine kleine Gestalt, die an der Wand kauerte und mit der verstohlenen Angst eines frisch gefangenen Kojoten zuhörte und zusah – die schlanke Gestalt einer Frau, gekleidet wie ein Kind, mit kurzem Gingham-Kleid und absätzenlosen Hausschuhen und einem hellen Band, das sie zurückhielt das schlaffe, flachsblonde Haar aus ihrem seltsamen, verkniffenen Gesicht.

Immer wieder suchten ihre großen, ängstlichen Augen die Stufen, die in den Raum darüber führten, und manchmal beugte sie sich vor und flüsterte in qualvoller Erwartung: „Papa?" Als dann keine Antwort kam, lehnte sie sich zitternd an die Wand, kalt und zitternd und voller dummer Angst.

Plötzlich verwandelte sich das Heulen des Hundes in scharfes Bellen, und die alte Negerin bewegte sich und streckte sich.

„Was fehlt diesem Lufthund?" murmelte sie , ging zum Fenster und beschattete ihre Augen mit der Hand. „Man würde es kaum erwarten, ihn sagen zu hören, dass er den alten Meister die Straße heraufkommen hörte."

Dass jemand kam, war an der anhaltenden Aufregung des Hundes zu erkennen, und als das Tor zuschlug und eine Männerstimme in der Dunkelheit ertönte, öffnete Tante Tish die Tür und warf einen langen, trüben Lichtfleck über die schmale Veranda und über das Haus große, runde Trittsteine dahinter.

Ins Licht kam Mr. Opp, der unter der Last seines Gepäcks taumelte, den Mantel über dem Arm, den Kragen abgenommen, völlig erschöpft von den Ereignissen des Tages.

„Herr, gnädig!" sagte Tante Tish, „wenn getroffen, ist das nicht Mr. D.!" Ich habe dich schon vor langer Zeit aufgegeben. Ich freue mich auf jeden Fall, dass du kommst. Miss Kippys Jungs machen weiter wie immer. Sie war seit zwei Nächten nicht da, und ich kann nichts mit ihr machen.

Mr. Opp stellte seine Sachen in einer Ecke ab und nahm, so müde er auch war, eine autoritäre Miene an. Es war offensichtlich, dass ein Mann benötigt wurde, eine Person mit Standhaftigkeit und Entschlossenheit.

„Ich werde dafür sorgen, dass sie sofort zu Bett geht", sagte er entschlossen. "Wo ist sie?"

„Sie ist hinter der Tür", sagte Tante Tish; „Seitdem ihre Pfote gestorben ist, ist sie so erschöpft, dass ich nichts mehr mit ihr machen kann."

„Kippy", sagte Mr. Opp streng, „komm gleich hier raus."

Aber es kam keine Antwort. Er ging in die Ecke, in der sein Mantel lag, und holte ein braunes Papierpaket aus der Tasche.

„Sagen Sie, Kippy", sagte er in einem sehr besänftigten Tonfall, „ich wünschte, Sie würden hier rauskommen und mich sehen." Du erinnerst dich an Bruder D., nicht wahr? Du solltest sehen, was ich dir den ganzen Weg aus der Stadt mitgebracht habe. Es hat blaue Augen."

Daraufhin wagte sich die kleine, groteske Gestalt, misstrauisch, misstrauisch und bereit, bei einem Wort die Flucht zu ergreifen, langsam hinaus. Sie war so zart und so zerbrechlich, und sie bewegte sich so sanft, dass es fast war, als würde der Wind sie zu ihm blasen. Jeder Gedanke, der ihr in den Sinn kam, spiegelte sich sofort in ihrem überempfindlichen Gesicht wider, und als sie vor ihm stand nervös an ihren Fingern zupfte, kämpften Angst und Freude um die Vorherrschaft. Plötzlich entriss sie ihm mit einem leisen Schrei die Puppe und drückte sie an ihr Herz.

In der Zwischenzeit hatte Tante Tish ein Tuch auf dem Tisch ausgebreitet und etwas kalten Maiskolben, einen Krug schäumende Buttermilch und einen Teller kaltes Corned Beef bereitgestellt. Die Milch befand sich in einem ramponierten Zinnkrug, aber die Schüssel mit dem Maisbrot war aus schwerem Silber mit aufwendigen Ziselierungen am Rand.

Mr. Opp aß müde, den Kopf auf die Hand gestützt. Er war seit vier Uhr morgens wach, und morgen musste er bei Tagesanbruch aufstehen, wenn er seinen Verpflichtungen nachkommen wollte, die Händler mit der besten Schuhkollektion zu beliefern, die je auf den Markt gekommen war. Bis dahin muss er viele Dinge entscheiden: Kippy muss geplant, das Haus renoviert und Vorkehrungen für die Zukunft getroffen werden. Da er gewissermaßen hinter den Kulissen saß und keinen Zuschauer hatte, den er beeindrucken konnte, verfiel er in eine Haltung Niedergeschlagenheit. Und Mr. Opp, der der Würde seines dick wattierten Mantels, seines imposanten Kragens und seiner Krawatte beraubt war und selbst mit seinem Pompadour auf der Stirn hinkte, schaffte es überhaupt nicht, eine gute Nachahmung seiner selbst zu geben.

Als er so saß und eine Hand schlaff über die Stuhllehne hing, spürte er, wie etwas sie sanft und stumm berührte, wie es ein Hund tun würde. Als er nach unten blickte, entdeckte er Miss Kippy, die dicht hinter ihm auf dem Boden saß und ihn mit verstohlenen Augen beobachtete. In einem Arm hielt sie die neue Puppe und im anderen hielt sie seinen Mantel.

Herr Opp tätschelte ihre Wange: „Was machen Sie mit meinem Mantel?" er hat gefragt.

Miss Kippy hielt es hinter sich und nickte weise mit dem Kopf: „Behalte es, damit du nicht weggehen kannst", flüsterte sie. „Ich werde es die ganze Nacht festhalten. Morgen werde ich es verstecken.

„Aber ich bin ein Geschäftsmann", sagte Herr Opp und straffte unbewusst seine Schultern. „Viel Verantwortung liegt bei mir. Ich muss morgens früh aber ich komme sehr oft zurück, um dich zu sehen – ab und zu."

Miss Kippys ganze Einstellung änderte sich. Sie ergriff seine Hand und klammerte sich daran fest, und die Angst kehrte in ihre Augen zurück.

„Du darfst nicht gehen", flüsterte sie und ihr Körper zitterte vor Aufregung. „Es wird mich erwischen, wenn du es tust. Papa hat es ferngehalten, und du kannst es fernhalten; aber Tante Tish kann nicht: Sie hat auch Angst davor!

Sie geht schlafen, und dann greift es durch das Fenster nach mir. Es kommt durch den Schornstein, dort, wo man sieht, dass der Ziegel lose ist. Verlass mich nicht, D. Still, hörst du es nicht?"

Ihre Stimme hatte sich zur Hysterie gesteigert und sie klammerte sich an ihn, kalt und erschüttert von der Angst, die sie befiel.

Mr. Opp legte beruhigend einen Arm um sie. „Warum, sieh mal, Kippy", sagte er, „wusstest du nicht, dass es Angst vor mir hatte?" Schau, wie stark ich bin! Ich könnte es mit meinem kleinen Finger töten."

"Könnten Sie?" fragte Miss Kippy ängstlich.

„Ja, tatsächlich", sagte Herr Opp. „Haben Sie niemals vor irgendetwas Angst, wenn Bruder D. in der Nähe ist? Ich werde mich von nun an um dich kümmern."

„Das ist schlecht für mich", verkündete Miss Kippy; „Das andere Ich ist gut. Ihr Name ist Oxety; Sie hat ein blaues und ein braunes Auge."

„Nun, Oxety muss jetzt zu Bett gehen", sagte Mr. Opp; „Es muss schrecklich spät werden."

Aber Miss Kippy schüttelte den Kopf. „Du könntest weggehen", sagte sie.

Da er feststellte, dass er sie nicht überzeugen konnte, griff Herr Opp zu einer Strategie: „Ich werde Ihnen sagen, was ich und Sie tun sollen." Lass uns deine Hausschuhe anziehen."

Dieser Vorschlag fand sofort Zustimmung. Es gefiel Miss Kippy als brillanter Vorschlag. Sie half beim Aufknöpfen der einzelnen Riemen und sah voller Freude zu, wie sie um ihre Handgelenke befestigt wurden.

„„Verlass mich nicht""

„Jetzt", sagte Herr Opp mit gespielter Begeisterung, „werden wir die Pantoffeln dazu bringen, die Treppe hinauf zu begleiten, und nachdem Tante Tish Sie ausgezogen hat, sollen sie Sie ins Bett begleiten." Wird das nicht lustig sein?"

Miss Kippys Fantasie war von diesem Vorschlag so angeregt, dass sie ihn sofort in die Tat umsetzte und fröhlich auf allen Vieren die Stufen hinaufstieg. An der Wende blieb sie stehen und sah ihn wehmütig an:

„Kommst du hoch, bevor ich schlafen gehe?" sie bettelte; „Daddy hat es getan."

Eine halbe Stunde später kam Tante Tish die schmale Treppe herunter: „Sie ist jetzt zur Kasse gegangen, lacht und ist wieder glücklich", sagte sie; „Sie hatte diese Zauber nie, wenn ihre Pfote rund war, und manchmal war das Chile so klar im Kopf wie du und ich."

„Wovor hat sie Angst?" fragte Herr Opp.

Tante Tish beugte sich über den Tisch zu ihm, und das Licht der Lampe fiel voll auf ihre schwarzen, perlenartigen Augen, ihre eingefallenen Kiefer und auf die große, pochende Narbe.

„De ghosties", flüsterte sie; „Sie haben sich Sorgen gemacht dass das Chile jemals eine Chance haben könnte . *Ich* höre sie! Sie warten, bis ich ein Nickerchen mache, und dann schleichen sie sich herein, um sie zu belästigen. Sie sagt, dass es nicht nur einer ist, aber ich höre haufenweise von ihnen, einige von ihnen sind so klein, dass sie unter den Spalt in der Tür klettern könnten."

„Schau mal, Tante Tish", sagte Mr. Opp streng, „erzähl ihr nie wieder ein Wort dieser Dummheit." Kein einziges Wort, hörst du?"

„Ja, Sir; Das hat Mr. Moore immer gesagt, und „Ich rede *nicht* mit ihr über den Schlag, das muss ich auch nicht." Sie weiß, dass ich es weiß. Ich lebe schon seit vierzig Jahren, seit du geboren wurdest, und du kannst mich nicht täuschen, Chile; Nein, Sir, das können Sie nicht."

„Nun, Sie müssen jetzt ins Bett gehen", sagte Mr. Opp, blickte auf die Uhr und stellte fest, dass es halb sechs war, obwohl er nicht wusste, was.

„Ich gehe nie zur Kasse, wenn ich hier bleibe", verkündete Tante Tish; „Ich baue mich in der Küche auf und schlafe. Ich bin davon überzeugt, dass Chile weggelaufen ist. Sie ist so niedrig, dass sie eines Tages weinen wird. Ihre Pfote berührte sie, als sie einmal ein Boot unten am Flussufer stieg. Sie weint nicht, während ich hier bin, nein, Sir-ee! Ich verlasse sie tagsüber nie und ihre Pfote verlässt sie nachts nie, das heißt, wenn er lebt."

Nachdem sie gegangen war, stieg Herr Opp die Treppe hinauf und betrat das Zimmer darüber. Eine Kerze flackerte auf dem Tisch, und in ihrem Licht sah er das breite Himmelbett, das seiner Mutter gehört hatte, und darin die zerbrechliche Gestalt der kleinen Miss Kippy. Ihr Haar lag lose auf dem Kissen, und auf ihrem schlafenden Gesicht, das in seiner Hilflosigkeit anlockte, lag ein Lächeln vollkommenen Friedens. Die neue Puppe lag auf dem Tisch neben der Kerze, aber in ihren Armen hielt sie den Mantel mit vielen Karos fest umklammert.

Einen Moment lang stand Mr. Opp da und beobachtete sie, dann zog er schnell seinen Hemdsärmel über seine Augen. Als er sich zum Abstieg umdrehte, knarrten seine neuen Schuhe schmerzhaft, und nachdem er sie vorsichtig ausgezogen hatte, ging er auf Zehenspitzen durch das Wohnzimmer und hinaus auf die Veranda, wo er sich auf die Stufe niederließ und seinen Kopf auf seine Arme fallen ließ .

Die Nacht war sehr still, abgesehen vom Quaken eines Ochsenfrosches und dem unaufhörlichen Schaben einer Zeder an der Ecke des Daches. Von der anderen Seite des Flusses strahlten schwache Lichtfunken aus den Kabinenfenstern, und unten kündigte ab und zu ein sich bewegendes Licht an, dass eine Fähre vorbeifuhr. Einmal schlüpfte ein Dampfschiff auf seltsame Weise aus der Dunkelheit, funkelte mit Lichtern und ließ schwache Musikklänge ertönen; Doch bevor die Wellen des Rades aufgehört hatten, unten am Ufer zu platschen, wurde sie von der Dunkelheit verschluckt und hinterließ wieder Einsamkeit.

Mr. Opp saß da und starrte in die Nacht, äußerlich ruhig, aber innerlich in ein tödliches Duell verwickelt. Der aggressive Mr. Opp mit dem prächtigen Gewand und dem Siegelring, der bedeutende Geschäftsmann, der ehrgeizige Finanzier, befand sich in einem tödlichen Kampf mit dem unbedeutenden Mr. Opp, er mit den Hemdsärmeln und dem verwelkten Pompadour, der zarte, sensible , der vergebliche Mr. Opp, der zu nichts anderem fähig war, als sein Leben für einen anderen hinzugeben.

Eine trübe Lichtlinie schwebte am Horizont, und nach und nach nahmen die Wälder am gegenüberliegenden Ufer Gestalt an, dann der große Fluss selbst, grau und schimmernd, mit Streifen auf dem Wasser, wo ein Baumstummel die schnelle Strömung unterbrach.

"Herr. „D.", hörte er Tante Tish die Hintertreppe hinauf rufen, „du solltest besser aus dem Bett verschwinden; Die Sonne geht auf.

Er erhob sich steif und machte sich auf den Weg zurück in die Küche. Als er durch den Vorderraum ging, fiel sein Blick auf seinen neuen Koffer voller wertvoller Schlagzeugproben. Er bückte sich, fuhr mit dem Finger über die großen schwarzen Buchstaben und seufzte tief.

Dann stand er entschlossen auf und marschierte zur Küchentür.

„Tante Tish", sagte er mit Autorität, „Sie brauchen sich nicht darum zu kümmern, das Frühstück zu beeilen. Ich finde, es gibt ein sehr wichtiges Geschäft, das mich vorerst hier in der Bucht halten wird."

V

gab ES zwei Kommunikationsmethoden, die beide gleichermaßen effektiv waren. Das eine war das Telefon, das sich aus einem einzelnen Einzelfall zu einer Epidemie entwickelt hatte, und das andere, das die Würde des Vorrangs und der etablierten Sitte genoss, bestand darin, es Jimmy Fallows zu sagen.

Beide Informationsströme überschwemmten sich bald mit der Nachricht, dass Herr D. Webster Opp eine gute Position in der Stadt aufgegeben hatte und erwartete, sich in seiner Heimatstadt als Unternehmen niederzulassen. Es lag in der Natur dieser Angelegenheit, dass sie die Gesellschaft insgesamt nur in einem geringeren Maße aufregte, als sie Mr. Opp selbst aufregte.

Eines Nachmittags stand Jimmy Fallows dem Rücken zum Eingangstor, an den Achseln an den Streikposten aufgehängt, und erledigte seine Geschäfte auf seine übliche Art und Weise. So wie sich ein General auf einen Hügel zurückzieht, um seine Streitkräfte zu organisieren und seinen Untergebenen Befehle zu erteilen, so blieb Jimmy an seinem Vorderzaun hängen und leitete die Angelegenheiten der Stadt. Er wusste, wann jeder Bauer kam, wo die „Helfenden Hände" nähen würden, wo der Arzt war und wo am nächsten Sonntag der Gottesdienst stattfinden würde. Er war Gerichtsmediziner, Hafenmeister, Leichenbestatter und Notar, und das Einzige in den Himmeln oben oder auf der Erde unten, über das er keine Auskunft zu geben versuchte, war die Ankunft des nächsten Dampfschiffes.

Während er da stand und an einem Stock schnitzte und fröhlich eine Melodie aus anderen Tagen summte, bemerkte er eine kleine, aufmerksame Gestalt, die die Straße heraufkam. Das Tempo war so viel schneller als der gewöhnliche langsame Gang des Cove, dass er die Person sofort als Mr. Opp erkannte. Daraufhin erhob er seine Stimme und begrüßte einen Jungen der gerade in der entgegengesetzten Richtung die Straße entlang verschwand:

„Nick!" er hat angerufen. „Ach, Nick Fenny! Sagen Sie Mat Lucas, dass Mr. Opp in der Innenstadt ist."

Nachdem die Verbindung an einem Ende der Leitung hergestellt war, wandte er sich um, um sie am anderen Ende herzustellen. „Hallo, Bruder Opp. Kinderstaubig auf dem Fluss, nicht wahr?"

„Nun, wir *erleben* derzeit ziemlich warmes Wetter", sagte Herr Opp freundlich.

„Mat Lucas hat den ganzen Tag hier herumgehangen", sagte Jimmy. „Er möchte, dass Sie die Hälfte der Anteile an seinem Trockenwarenladen aufkaufen. Was denkst du darüber?"

„Nun", sagte Herr Opp und steckte seine Daumen in die Armlöcher seiner Weste, „ich denke über eine Vielzahl verschiedener Dinge nach. Ich war zweimal im Trockenwarengeschäft tätig und kann nicht sagen, dass es kein schönes Geschäft ist. „Natürlich", fügte er mit einem Stich hinzu, „meine Spezialität sind Schuhe."

„Ja", sagte Jimmy; „Aber die Leute hier alle ihre Schuhe in der Drogerie. Herr Toddlinger hat seit seiner Gründung neben seinen Pillen und Pflastern auch eine Reihe von Schuhen dabei."

Mr. Opp blickte zu dem großen Schild über ihm auf. „Wenn Sie und Mr. Tucker nicht beide in der Hotelbranche wären, würde ich vielleicht darüber nachdenken, darüber nachzudenken."

Dieser Vorschlag reizte Jimmy ungemein. Belustigtes Kichern erregte seine rundliche Gestalt.

„Warum kaufen Sie uns nicht beide aus?" er hat gefragt. „Wir könnten umsonst verkaufen und Geld verdienen."

„Nun, jetzt sitzen drei Pensionäre in unserem Hotel", sagte Mr. Opp, der sich eher in die Rolle eines freundlichen Gastgebers einbildete.

„Ja", sagte Jimmy. „Der alte Tucker hat sie den ganzen Morgen am Telefon sitzen lassen. Ich glaube nicht, dass sie nach den Mahlzeiten, die er ihnen gibt, noch stark genug sind, um herumzulaufen."

„Natürlich", sagte Herr Opp, der ganz in seine eigenen Angelegenheiten vertieft war, „das ist sozusagen vorerst nur vorübergehend. In etwa einem Jahr, wenn sich meine finanzielle Lage in gewisser Weise bessert, habe ich vor, das Ölquellen-Vorhaben in die Tat umzusetzen. Das, was ich anstrebe, ist Ihrer Meinung nach das, was die Bucht derzeit am meisten braucht?"

„Ellenbogenfett", sagte Jimmy prompt. „Die einzigen zwei Dinge, die wir in einer Stadt nicht haben, sind Ellenbogenfett und eine Zeitung."

Für einen Moment herrschte Stille voller Bedeutung. Mr. Fallows' Blick durchdrang die Erde, während Mr. Opp den Himmel absuchte; Dann sahen sie sich plötzlich an und die großartige Idee war geboren.

Ein Bearbeiter! Mr. Opps ganzes Wesen war begeistert, als er auf den Anruf reagierte. Der Gedanke, über dem schmutzigen Tauschgeschäft des Geschäftslebens zu stehen und in der Lage zu sein, die geistigen Fähigkeiten auszuüben, mit denen er sich so großzügig ausgestattet fühlte, hat ihn fast umgehauen. Er war einmal Reporter Zwei goldene Wochen lang hatte er Polizei- und Gerichtsberichte eingereicht, die mit verbalen Juwelen, die er willkürlich aus dem Wörterbuch herausgesucht hatte, geradezu übersät waren. Aber der Stadtredakteur hatte so freundlich wie möglich darauf hingewiesen, dass seine Dienste nicht länger benötigt würden, und andeutete vage, dass es notwendig sei, die Streitkräfte zu reduzieren; und Herr Opp hatte ihm versichert, dass er es vollkommen verstanden hatte und bereit sei, jederzeit zurückzukehren. Diese Ausbildung, so kurz sie auch war, diente als Grundlage, auf der Herr Opp einen Turm voller schillernder Möglichkeiten errichtete.

„Was ist los damit, dass Sie Mr. Gustys alte Druckerei übernommen und ein eigenes Unternehmen gegründet haben?" fragte Jimmy.

„Glaubst du, sie würde es verkaufen?" fragte Herr Opp besorgt.

"Verkauf es?" sagte Jimmy. „Sie ist am liebsten dazu bereit, es wegzugeben, um Pete Akers Miete für den Laden nicht bezahlen zu müssen. Sagen Sie – Herr. Gall – hoch", rief er einem Mann zu, der gerade um die Ecke bog, „ist Mrs. Gusty zu Hause?"

Der so angesprochene Mann drehte sich um und kam auf sie zu.

„Wer ist Mr. Gallop?" fragte Herr Opp.

„Er ist das neue Telefonmädchen", sagte Jimmy genüsslich; „Ich bin erst seit einem Monat hier, und er macht den größten und profitabelsten Job, den Sie je gesehen haben, indem er sich um die Geschäfte anderer Leute kümmert. Weich! Er muss auf einem Kissen aufgewachsen sein – Er erinnert mich immer an ein hochgebildetes Schwein: Es überrascht und kitzelt einen, ihn auf seinen Hinterbeinen herumlaufen zu sehen und wie andere Leute zu reden. Neulich bat ihn einer der Jungs, nur um ihn zu verarschen, sein Team nach Hause zu fahren. Ich mochte es, wenn ich sah, wie er versuchte, um die Ecke zu biegen, wobei er bei jedem Atemzug „Gee" rief und „Haw" schrie. Alte Maultiere haben bei dem Versuch, beides auf einmal zu tun, ihre Beine verkrampft, und die Jungs sagen, als Gallop aufs Land kam, habe er sich so schlecht gefühlt, dass er hinuntergegangen sei und sich bei den Maultieren entschuldigt habe. Wie wär's damit, Gallop – hast du!" schloss er, als das Thema des Gesprächs am Tatort eintraf.

Der Neuankömmling, ein rundlicher, blonder junger Mann, der eine Hand liebevoll mit der anderen verschränkte, errötete entrüstet, sagte aber nichts.

„Das hier ist Mr. Opp", fuhr Jimmy fort; „Er möchte Mrs. Gusty sehen. Weißt du, ob er sie zu Hause abholen wird oder nicht?"

Mr. Gallop zollte inzwischen jedem Detail von Mr. Opps Kostüm den Tribut vieler bewundernder Blicke, und als Mr. Opp dies erkannte, nahm er eine Miene kosmopolitischer Lässigkeit an und spielte gleichgültig mit seiner großen Uhr.

Als sich Mr. Gallops Bewunderung und Aufmerksamkeit auf Mr. Opps Ring konzentrierten, drehte er plötzlich den Wasserhahn seiner Unterhaltung auf und ließ einen solchen Strom allgemeiner Informationen herausströmen, dass Mr. Opp ganz vergaß, imposant auszusehen.

"Frau. Gusty rief heute Morgen früh bei Mrs. Dorsey an und sagte, sie würde vorbeikommen und ihr beim Einmachen helfen. Mrs. Dorsey bekam von ihrem Vater auf der anderen Seite des Flusses eine große Ladung Pfirsiche. Er unter Asthma und musste nachts zweimal den Arzt rufen. Und der Arzt konnte in der Stadt nicht das richtige Medikament bekommen und ließ mich die Stadt anrufen. Sie werden es auf die *Big Sandy* schicken , aber sie steckt in den Schleusen fest, und Gott weiß, wann sie hier ankommt. Sie ist –"

„Entschuldigen Sie", unterbrach Mr. Opp höflich, aber bestimmt, „ich muss Mrs. Gusty wegen einer sehr wichtigen Angelegenheit sprechen. Haben Sie überhaupt eine Ahnung, wann sie nach Hause zurückkehren wird?"

„Ja", sagte Mr. Gallop, begierig, dem Wunsch nachzukommen. „Sie ist mittlerweile schon wieder zu Hause. Miss Lou Diker macht ihr gerade ein Kleid, und sie hat angerufen, dass sie gegen vier Uhr vorbeikommen würde, um es anzuprobieren. Ich gehe mit dir hinauf, wenn du willst."

„Warum fährst du ihn nicht?" schlug Jimmy vor. „Sie können sich auf der anderen Straßenseite ein Paar Pantoletten ausleihen."

"Herr. Opp", sagte Mr. Gallop gefühlvoll, als sie die Main Street entlanggingen, „ich würde ein Insekt nicht so behandeln, wie er mich behandelt."

„Oh, Jimmy darf dir nichts ausmachen", sagte Mr. Opp freundlich; „Irgendwie macht ihm ein kleiner Scherz immer Spaß. Es würde mich überhaupt nicht wundern, wenn er irgendwann einmal einen Witz über mich machen würde. Wie lange bist du schon in Cove City?"

„Nur einen Monat", sagte Mr. Gallop. „Für Sie muss es schrecklich klein aussehen, nach all den großen Städten, die Sie gewohnt sind."

Mr. Opp vergrößerte seine Schritte. „Ja", sagte er weitgehend; „Ganz klein, eigentlich ziemlich wenig. Kein Platz für einen Geschäftsmann; Aber für einen Berufstätigen, einen Mann, der Muße braucht, um sein Gehirn zu kultivieren und das bedeutet, Einfluss auf die Gemeinschaft zu nehmen, ist es ein guter Ort, ein bemerkenswert guter Ort."

Ein Hinweis, so vage er auch sein mag, der Mr. Gallop in den Sinn kam, löste eine sofortige Gärung aus. Aufgrund seiner langjährigen Erfahrung war er ein Experte darin, allen, die seinen Weg kreuzten, Informationen zu entlocken. Ein anfängliches Interesse, ein oder zwei Atemzüge der

Schmeichelei als Betäubungsmittel, und schon war das Geheimnis seines Opfers gelüftet, bevor er es merkte.

„Ich schätze, du gehst hinauf, um mit Mrs. Gusty

"NEIN; Oh nein", sagte Herr Opp. „Vor einiger Zeit war ich in der Versicherungsbranche tätig. Für einen Mann meiner Art sind die Aussichten sehr gering. Ich muss die Möglichkeit haben, mich zu entfalten, wissen Sie – und meine eigenen Vorstellungen davon zu nutzen, wie ich die Dinge ausarbeiten kann."

„Was ist Ihre besondere Linie?" fragte Mr. Gallop ehrerbietig.

„Schuh", begann Mr. Opp unwillkürlich und hielt sich dann zurück, „Journalismus", sagte er, und das Wort schien für einen Moment den Raum vollständig zu füllen.

An Mrs. Gustys Tor blieb Mr. Gallop stehen.

„Ich schätze, ich sollte jetzt zurückgehen", sagte er bedauernd; „Das Telefon- und Telegrafenbüro befindet sich direkt in meinem Zimmer, und ich verlasse es weder Tag noch Nacht, außer nur für diese eine Stunde am Nachmittag. Es ist schrecklich, es zu versuchen. Ab drei Uhr morgens rufen die Bauern einander an. Sag mal, ich wünschte, du würdest irgendwann einspringen. Ich würde dich einfach haben. Aber du bist so beschäftigt und hast so viele Freunde, dass du wohl nicht viel Zeit für mich haben wirst."

Herr Opp war anderer Meinung. Er sagte, dass er nie zu beschäftigt sei, um einen Freund zu sehen, egal wie sehr ihn verschiedene wichtige Pflichten belasteten. Und er sagte es mit der Miene von jemandem, der einen Gefallen erweist, und Mr. Gallop empfing es wie jemand, der einen Gefallen erhält, und sie schüttelten sich herzlich die Hände und trennten sich.

VI

Herr . OPP , der in den großen Plan vertieft war, der in seinem Kopf Gestalt annahm, bemerkte erst, als er die Stufen erreichte, dass jemand in einer Hängematte auf der Veranda lag.

Es war ein dunkelhaariges Mädchen in einem rosa Kleid, mit einer rosa Schleife im Haar und kleinen Schleifen an den Zehen ihrer hochhackigen Hausschuhe – genau die Art von Person, die Mr. Opp am liebsten meiden wollte .

Zum Glück schlief sie, und nachdem Mr. Opp an der Tür vergeblich auf die Geräusche von Mrs. Gusty gehorcht hatte, schlich er vorsichtig zum anderen Ende der Veranda und nahm auf einem Sofa mit gerader Lehne Platz.

annehmen, dass Herrn Opp die Faszination der Weiblichkeit fremd war. Er war in einem zarten Alter geimpft worden, und die Impfung hatte sich so vollständig und tragisch ausgewirkt, dass er mit einer traurig zerstörten Illusion und der festen Überzeugung in seinem Innern, von nun an immun zu sein, wieder ins Leben zurückgekehrt war. Seine Haltung gegenüber dem Thema blieb jedoch interessiert, aber vorsichtig – wie ein guter kleiner Junge sich gegenüber einer geladenen Pistole verhalten würde.

Während er sehr aufrecht und ganz still auf dem grünen Sofa saß, versuchte er, sich auf das bevorstehende Interview mit Mrs. Gusty vorzubereiten. Direkt auf der anderen Straßenseite befand sich Akers alte Tischlerei, ein kleines, quadratisches, einstöckiges Gebäude, schäbig und kaum vielversprechende journalistische Möglichkeiten. Herr Opp sah die Dinge jedoch selten so, wie sie waren; er sah sie so, wie sie sein würden. Noch bevor fünf Minuten vergangen waren, ließ er den Laden weiß streichen, mit roten Besätzen, neuen Scheiben in den Fenstern, Mattglas unten und Klarglas oben, ein imposantes Schild über der Tür und die Straße war mit eifrigen Abonnenten blockiert. Er brauchte natürlich einen Assistenten, jemanden, der sich um die allgemeinen Details kümmerte; aber er hätte alles selbst in der Hand. Er würde ein Papier herausgeben, umfassend in seinem Umfang und liberal in seinen Ansichten. Wissenschaft, Kunst, Religion, Gesellschaft und Politik würden alle ordnungsgemäß dokumentiert. Politik! Seine Zeitung wäre ein Organ – ein Organ der Demokratischen Partei!

Bei dem Gedanken, eine Orgel zu sein, schwoll Mr. Opps Busen vor Stolz an, dass sein Sofa knarrte und er besorgt zum anderen Ende der Veranda blickte.

Die junge Dame schlief noch, ihr Kopf ruhte auf ihrem bloßen Arm und ein Fuß hing schlaff unter ihrem gerüschten Unterrock.

Plötzlich beugte sich Herr Opp nach vorne und betrachtete interessiert ihren Pantoffel. Er hatte die Marke erkannt! Es war xxx-aa. Er hatte ein Exemplar genau dieser Art bei sich getragen und pflegte begeisterte Aufmerksamkeit auf die Krümmung des Spanns und die Stellung der Ferse zu lenken. Er erkannte nun, dass die ausschließlich vom Bogen abhing, und er überlegte ernsthaft, der Firma zu schreiben und die Verbesserung vorzuschlagen.

Mitten in seinen Überlegungen regte sich die junge Dame und setzte sich dann auf. Ihr Haar war zerzaust, und ihre Augen ließen darauf schließen, dass sie in letzter Zeit Tränen vergossen hatte. Sie stützte ihr Kinn auf ihre Handflächen und blickte düster auf die Straße.

Herr Opp, am anderen Ende der Veranda, blickte ebenfalls düster auf die Straße. Die Tatsache, dass er seine Anwesenheit kundtun musste, wurde durch die noch dringlichere Tatsache zunichte gemacht, dass ihm nichts einfiel, was er sagen könnte. Eine Hummel kreiste in immer schmaler werdenden Kreisen über seinem Kopf und landete schließlich auf seinem Mantelärmel. Aber Herr Opp blieb unbeweglich. Er durchsuchte seinen Wortschatz nach einem Wort, das die Stille sanft brechen würde, ohne sie in Stücke zu zertrümmern.

Die Hummel rettete die Situation. Als sie in einem Spalt der Veranda auf halbem Weg zwischen dem Sofa und der Hängematte ein seltenes Lebensmittel entdeckte und offensichtlich eine saugende Biene war löste sie ein solches Summen der Aufregung aus, dass Mr. Opp es ansah und die junge Dame es ansah es, und ihre Blicke trafen sich.

„Entschuldigen Sie", sagte Herr Opp ziemlich atemlos; „Sie haben geschlafen, und ich komme, um Mrs. Gusty zu sehen, und – äh – Tatsache ist – ich bin Mr. Opp."

Bei dieser Ankündigung legte die junge Dame ihre Hand an ihren Kopf, ordnete mit einer geschickten Bewegung den braunen Kranz ihres Haares neu und drehte die rosa Schleife in die richtige, aggressive Position.

„Mutter kommt bald zurück", sagte sie ohne Verlegenheit, doch mit dem Zögern einer Person, die nicht die Angewohnheit hat, für sich selbst zu sprechen, „ich – ich – wusste nicht, dass ich schlafen gehen würde."

„Nein", sagte Herr Opp; Dann fügte er höflich hinzu: „Ich auch nicht." Wieder zeichnete sich Stille am Horizont ab, und er fuhr fort: „Ich glaube, ich hatte die Angewohnheit, dich zu sehen, als du – äh – jünger warst, nicht wahr?"

„Oben im Laden." Sie lächelte schwach. „Du hast mir eine Tüte Popcorn mit einem Preis darin gekauft. Es war eine Brustnadel; Ich habe es noch.

Mr. Opp runzelte leicht die Stirn, als er versuchte, einen imaginären Splitter aus seinem Daumen zu ziehen. „Gehst du – äh – zur Schule?" fragte er und flüchtete sich in eine väterliche Haltung.

„Ich bin fertig", sagte sie lustlos. „Ich habe das Young Ladies' Seminary in Coreyville besucht."

„Hat es dir nicht gefallen?" fragte Herr Opp und wünschte inständig, dass Frau Gusty zurückkommen würde.

„Oh ja", sagte sein Begleiter ernst. "Ich liebe es; Ich war etwas Besonderes. Ich habe Musik, Botanik und Malerei studiert. Ich war letztes Jahr bei vier Konzerten dabei und habe zu Beginn in den Doppelduetten mitgespielt." In der darauffolgenden Pause dachte Herr Opp über verschiedene Namen für seine Zeitung nach. „Mutter wird mich nicht zurückgehen lassen", fuhr die sanfte, gedehnte Stimme fort; „Sie sagt, wenn ein Mädchen neunzehn ist, sollte es sesshaft werden. Sie möchte, dass ich heirate."

Herr Opp legte „The Cove Chronicle" und „The Weekly Bugle" zur weiteren Betrachtung beiseite und erkundigte sich höflich, ob es eine besondere Person gäbe, die sich Mrs. Gusty als Schwiegersohn wünschte.

„Oh nein", sagte das Mädchen gleichgültig; „Sie hat an niemanden gedacht. Aber ich möchte nicht heiraten – noch nicht. Ich möchte zum Priesterseminar zurückkehren und Musiklehrer werden. Ich hasse es hier, in jeder Hinsicht. Es ist so dumm – und einsam und –"

Ein Bruch in ihrer Stimme veranlasste Herrn Opp, die Entscheidung über den Tag, an dem sein Aufsatz veröffentlicht werden sollte, aufzuschieben und ihr seine ungeteilte Aufmerksamkeit zu schenken. Der Kummer, selbst wenn er schön war, war nicht zu ertragen, und die Tatsache, dass sie ungewöhnlich hübsch war, hatte Mr. Opp geärgert, seit sie mit ihm gesprochen hatte. Als sie den Kopf abwandte und sich über die Augen wischte, erhob er sich impulsiv und ging auf sie zu:

„Sag mal, schau mal, du weinst doch nicht, oder?" er hat gefragt.

Sie schüttelte empört den Kopf und verneinte dies.

„Nun – ähm – Sie scheinen nicht gerade , wie man sagen könnte", schlug Mr. Opp kühn vor.

„Bin ich nicht", gestand sie und biss sich auf die Lippe. „Ich sollte nicht mit dir darüber reden, aber hier ist niemand, der es verstehen würde. Sie denken, ich sei hochnäsig, wenn ich über Bücher und Musik und – und andere Arten von Menschen rede. Sie machen einfach immer die gleichen dummen Dinge, bis sie alt werden und sterben. Nur Mutter lässt mich nicht einmal

Dummheiten machen; Sie sagt, ich störe sie, wenn ich versuche, im Haushalt zu helfen."

„Kannst du nicht nähen oder Mottos basteln oder so?" fragte Herr Opp, sehr vage, was die weiblichen Leistungen anging.

"Was ist der Nutzen?" fragte das Mädchen. „Mutter tut alles für mich. Sie sagt immer, sie würde es lieber tun, als mir beizubringen, wie."

„Lesen Sie nicht gern?" fragte Herr Opp.

„Oh ja", sagte sie; „In der Schule habe ich die ganze Zeit gelesen; aber hier oben gibt es nie etwas zu lesen."

Der gewählte Redakteur bevölkerte das Land mit ähnlichen Fällen, und er sah sich sofort als öffentlicher Wohltäter, der hungernde Abonnenten mit einer großzügigen Mahlzeit wöchentlicher Nachrichten versorgte.

„Willst du dich nicht hinsetzen?" fragte das Mädchen und unterbrach seine Überlegungen. „Ich weiß nicht, was Mutter halten kann."

Mr. Opp sah sich nach einem Stuhl um, aber da war keiner. Dann warf er einen Blick auf seine Begleiterin und sah, dass sie ihren rosa Rock zur Seite hielt und ihm offensichtlich einen Platz neben sich in der Hängematte anbot. Er rückte einen Schritt vor, zog sich zurück und kapitulierte dann schwach. Er saß sehr steif da, stützte seinen Hut auf den Knien und schob seinen Zeigefinger zwischen Hals und Kragen, als wollte er besser atmen, und bemerkte, dass es immer wärmer werde.

„Das ist nichts im Vergleich zu dem, was später sein wird", sagte das Mädchen; „Es wird immer heißer und staubiger. Ich glaube nicht, dass es irgendwo sonst auf der Welt einen so dummen, schäbigen, kleinen alten Ort gibt. Du solltest wirklich froh sein, nicht hier zu leben."

Mr. Opp räusperte sich würdevoll. „Ich gehe davon aus, dass ich jetzt dauerhaft hier bleiben werde. Ich – nun ja – die Wahrheit ist, ich habe beschlossen, hier eine Zeitung zu leiten."

"NEIN!" rief das Mädchen ungläubig. „Nicht in der Bucht!"

„In der Bucht", wiederholte Mr. Opp bestimmt. „Hier besteht ein großer Bedarf an einer lebendigen, unternehmungslustigen Zeitung. Es ist ein jungfräuliches Feld, könnte man sagen. Es gab nie einen Ort, der eine öffentliche Stimme mehr brauchte. Meine Arbeit wird eine Stimme sein, die alle Seiten einer Frage hört; Es wird sowohl die Alten als auch die Jungen und alle, die dazwischen liegen, ansprechen."

„Es wird großartig für uns sein!" sagte sein Begleiter interessiert. „Wann geht es los?"

Da konkrete Pläne ausgesprochen nebulös waren, beschränkte sich Herr Opp klugerweise auf Allgemeingültigkeiten. Er ging beiläufig auf seine bemerkenswerte Eignung für die Arbeit, seine große Erfahrung und sein weltliches Wissen ein. Er deutete an, dass er mit der Zeit erwartete, sich in noch tiefere literarische Gewässer vorzuwagen – vielleicht in die Poesie und einen Roman. Während er redete, wurde ihm klar, dass er zum zweiten Mal an diesem Tag mit Zustimmung betrachtet wurde. Die Annahme nach seiner eigenen Einschätzung war ein neues und berauschendes Gefühl.

Auf der breiten Veranda war es angenehm, das Geißblatt schützte vor der Sonne und die langen, gelben Blüten erfüllten die Luft mit Duft. Es war angenehm, das zufriedene Lachen der Hühner und das schläfrige Summen der Bienen und den Klang seiner eigenen Stimme zu hören; Vor allem aber war es angenehm, wenn auch beunruhigend, ab und zu einen Seitenblick zu werfen und ein Paar leichtgläubiger brauner Augen zu entdecken, die ihn in offener Bewunderung ansahen. Was wäre, wenn ihm beim Schaukeln der Hängematte schwindelig würde und ein Fuß eingeschlafen wäre? Dies waren unbedeutende Überlegungen, die keiner Erwähnung wert waren.

„Und nur daran zu denken“, sagte das Mädchen, „dass du vielleicht direkt auf der anderen Straßenseite bist!“ Es macht mir nichts aus, zu Hause zu bleiben, wenn du mich vorbeikommen und dir beim Zeitungsmachen zusehen kannst.“

„Vielleicht möchten Sie einmal helfen“, sagte Herr Opp großmütig und entfernte gleichzeitig vorsichtig eine flatternde rosa Schleife von seinem Knie. „Ich könnte dich bei einer Hochzeit oder einem Bituarium oder etwas in der Art ausprobieren.“

"Ach wirklich?" Sie weinte und ihre Augen leuchteten. „Das würde ich einfach gerne tun. Ich kann wirklich gut Kompositionen schreiben, und du könntest mir ein wenig helfen.“

„Ja“, stimmte Herr Opp zu; „Ich könnte Ihnen beibringen, den ersten Entwurf zu erstellen, und ich könnte Ihnen die zusätzlichen Details hinzufügen.“

Sie waren so in diese Pläne vertieft, dass sie weder das Klicken des Tors hörten noch die kleine, aggressive Dame sahen, die den Weg heraufkam. Sie bewegte sich mit der selbstbewussten Miene einer Person, die es gewohnt ist, gehorcht zu werden. Ihr Rock schien nicht mutiger zu sein, schief zu hängen, als die Bänder ihrer Haube sich genau an der Stelle bewegen würden, an der sie sie unter ihrem linken Ohr gebunden hatte. Ihre kleinen, hellen, leicht gekreuzten Augen sahen offenbar zwei Wege gleichzeitig, denn auf ihrem kurzen Weg vom Tor zur Veranda köpfte sie rechts zwei verwelkte Geranien ab und hob ein verirrtes Papier und einige tote Blätter auf auf der Linken.

„Guin-nie!" Sie rief scharf, ohne das Paar auf der Veranda zu sehen: „Wer hat den Schlamm auf meinen sauberen Stufen aufgespürt?"

Das Mädchen stand hastig auf und trat vor. „Mutter", sagte sie, „hier ist Mr. Opp."

Mrs. Gusty sah von einem zum anderen auf, offensichtlich unschlüssig, wie sie mit der Situation umgehen sollte. Aber das Zögern hielt nicht lange an; Mr. Opps im Sonnenlicht glitzernder Uhrenanhänger symbolisierte so viel Wohlstand, dass sie ihm hastig die herzliche Hand entgegenstreckte.

„Du willst mir nicht sagen, dass Guin-nie dich hier draußen auf der Veranda behalten hat, anstatt dich in den Salon zu bringen? Und hat sie dir nicht etwas zu trinken gegeben? Nun, warte einfach, bis ich meine Sachen ausgepackt habe, und dann mache ich einen Krug Limonade bereit."

„Lass es mich tun, Mutter", sagte Guinevere eifrig; „Das mache ich oft in der Schule."

„Ich würde nicht trinken, was Sie machen", sagte Mrs. Gusty und winkte sie beiseite. „Sie zeigen Mr. Opp im Wohnzimmer. NEIN; Ich werde die Fensterläden öffnen: Du würdest dir die Hände schmutzig machen." Sie wuselte mit jener tyrannischen Fähigkeit umher, die jeden in ihrer Nähe in einen Zustand hilfloser Abhängigkeit versetzt.

Der Salon war kühl und dunkel, und Mr. Opp tastete nach einem Stuhl, während der feuerfeste Fensterladen geöffnet wurde. Als endlich ein Lichtstrahl hereingelassen wurde, fiel er voll auf einen Zobelrahmen, der über dem Rosshaarsofa hing und eine verherrlichte Urkunde über die Geburten, Heiraten und Todesfälle im Hause Gusty enthielt. Um diese geschriebenen Daten herum befand sich eine Grenze, die die sieben Zeitalter des Menschen realistisch darstellte und in einer Legende aus Gold gipfelte, die lautete:

Von der Wiege bis ins Grab.

Während Herr Opp scheinbar tief interessiert vor diesem Kunstwerk stand, spähte er in Wirklichkeit durch einen Spalt im Fensterladen. Das Sonnenlicht drang immer noch durch die Geißblattranken und erzeugte tanzende, weiße Flecken auf der Veranda, die Bienen summten um die Blüten, und Miss Guinevere Gusty saß immer noch in der Hängematte, das Kinn in den Handflächen, und blickte Straße.

Als Mrs. Gusty zurückkam, trug sie einen Glaskrug mit Limonade, einen Teller mit knusprigen Lebkuchen und einen Becher mit zerstoßenem Eis, alles auf einem Tablett, das mit ihrem Erdbeeraufsatz bedeckt war, ein Zeichen der Unterscheidung, das leider war bei ihrem Gast verloren.

Mr. Opp, ein Geschäftsmann, vertiefte sich sofort in sein Thema, indem er die Sache so eloquent vortrug und so viel mehr Überzeugungsarbeit als nötig aufwendete, dass er über das Ziel hinausschoss. Mrs. Gusty war selbst nicht ohne geschäftlichen Scharfsinn, und als Mr. Opp auf einen möglichen Einwand stieß, bevor ihr überhaupt in den Sinn gekommen war, nutzte sie den Vorschlag sofort.

„Natürlich", sagte Herr Opp als letzten , „würde ich gerne von Zeit zu Zeit einige von Herrn Gustys poetischen Stücken einbringen."

Dieser direkte Appell an ihre Gefühle berührte Mrs. Gusty so sehr, dass sie vorschlug, sofort in den Laden zu gehen und ihn sich anzusehen.

Einen Moment lang war Herr Opp beunruhigt, nachdem die Tür seines zukünftigen Heiligtums geöffnet worden war. Der kleine, dunkle Raum, vollgestopft mit allerlei Müll, den zerbrochenen Fensterscheiben, dem Staub und den Spinnweben, bot eine Aussicht, die alles andere als ermutigend war; aber nach einer Untersuchung der Pressen erwachte sein Mut wieder.

Nach vielen Gesprächen seitens Herrn Opp und einigen klugen Verhandlungen seitens Frau Gusty konnte die erstaunliche Transaktion zur großen Zufriedenheit beider Parteien abgeschlossen werden.

Es war spät in der Nacht, als Herr Opp in den Ruhestand ging. Er saß im offenen Fenster seines Schlafzimmers und blickte auf den Fluss. Die kühle Nachtluft und das ruhige der Sterne beruhigten den Aufruhr in seinem Gehirn. Allmählich wichen die kolossalen Pläne und die gewaltigen Ambitionen einer Emotion, die dem gewählten Herausgeber keineswegs fremd war. Es war eine kleine, bleiche Angst, die immer in einem Winkel seines Herzens lauerte und nur durch mutige Worte und aggressive Taten unterdrückt werden konnte.

Er saß da, die zitternden Knie hochgezogen und die Arme unbeholfen um sie geschlungen, ein absurdes Atom in der großen kosmischen Ordnung; Doch die Seele, die aus seinen schielenden, wehmütigen Augen blickte, enthielt alle Möglichkeiten des Lebens und verkörperte die ewige Traurigkeit und die ewige Inspiration menschlichen Strebens.

VII

Es IST kein kleines Unterfangen, sich trotz feindlicher Stürme auf ein unbekanntes Schiff zu begeben, auf unbekannten Gewässern. Aber Herr Opp segelte über das Meer des Lebens, wie es sich für einen tapferen Seemann gehörte: selbstständig, unabhängig und fragte niemanden um Rat. Er ließ sich von seinem eigenen moralischen Kompass leiten, ungeachtet der rauen Gewässer, durch die er ihn führte.

Nachdem er den größten Teil seiner Ersparnisse in das jetzige Unternehmen investiert hatte, war es notwendig, sofort mit der Geschäftstätigkeit zu beginnen; aber die Ereignisse verhinderten ihn. Miss Kippy stellte Tag und Nacht viele Anforderungen an seine Zeit; Sie hatte ihre Zuneigung und Abhängigkeit von ihrem Vater auf ihn übertragen, und er fühlte durch diese neue Verantwortung schwer belastet. Darüber hinaus war die Haltung der Stadt gegenüber der Neuerung einer Zeitung von offener Skepsis geprägt, und es erwies sich als heikle und mühsame Aufgabe, die richtige öffentliche Stimmung zu erzeugen. Zusätzlich zu diesen Problemen hatte Mr. Opp noch eine schwerwiegendere Angelegenheit, die ihn daran hinderte: Trotz all seiner Tapferkeit und Energie litt er unter Unsicherheit darüber, wie er ein wöchentliches Journal richtig beginnen sollte.

Sicherlich hatte er einen Namen für das Papier gefunden – einen Namen, der so überaus zufriedenstellend war, dass er ihn bereits auf einem Stapel Büropapier prangen ließ. „The Opp Eagle" war in voller Silbe aus seinem wimmelnden Gehirn hervorgegangen und wurde von über hundert Konkurrenten akzeptiert.

Aber dem Jungen einen Namen zu geben, war im Vergleich dazu, ihn aus dem Nest zu holen, eine einfache Sache; und erst mit der Einsetzung seines kompetenten Personals gelang es Herrn Opp, die Aufgabe zu erfüllen.

Diese wichtige Transaktion fand eines Morgens statt, als er in seinem neuen Büro und sich mit seinem ersten Leitartikel abmühte. Der kahle Raum mit der Presse in der Mitte diente als Nachrichtenraum, Presseraum, Publikationsbüro und Redaktionszufluchtsort. Mr. Opp saß mit einem Stift hinter dem Ohr und einem anderen in der Hand an einem Tisch aus neuem Deal und blickte inspirierend auf das braune Geschenkpapier, mit dem er die Wände sorgfältig bedeckt hatte. Seine geistige Gymnastik wurde durch das Erscheinen von Miss Jim Fenton und ihrem Bruder Nick an der Tür unterbrochen.

Fräulein Jim war eine Anomalie in der Gemeinde, da sie theoretisch eine Jungfer und in der Praxis eine doppelte Graswitwe war. Sie war fähig und selbstständig und zog die Taugenichtse an, so wie ein Magnet Nadeln anzieht.

Aber nachdem sie zweimal dazu gebracht worden war, auf ihre Freiheit zu verzichten und die Bande der Ehe anzunehmen, war sie zweimal entkommen und zu ihrem ursprünglichen Typus und Namen zurückgekehrt . Miss Jim war offensichtlich Opfer einer der sparsamsten Launen der Natur; Sie war dürr und kantig, mit einem langen, faltigen Gesicht, das von einem spärlichen Flaum blasser, krauser Haare gekrönt war. Ihr Mund war an einer Ecke nach oben geneigt, was ihr einen Ausdruck verlieh, der zu Unrecht der Koketterie zugeschrieben wurde, obwohl er in Wirklichkeit auf einen unschuldigen und verzeihlichen Stolz auf einen ganz goldenen Eckzahn zurückzuführen war.

Aber es war ihre Kleidung, die Miss Jim Missverständnisse, Unglück und sogar die Ehe bescherte. Eine Cousine aus der Stadt hatte ihr die Sachen kastenweise geschickt, und die Tatsache war unverkennbar, dass es sich um Kleidungsstücke mit Vergangenheit handelte. Die Kleider strahlten eine Atmosphäre verdunsteter Frivolität aus; Flirts lauerten in jeder Rüsche, und Erinnerungen an alte Lerchen lauerten in jedem Furchen. Die Hüte hatten einen flotten Schlag nach hinten, und die farbigen Pantoffeln tanzten immer noch in ihren Sohlen. Ein alter Paradiesvogel auf Miss Jims Lieblingshaube zwinkerte dauernd wegen der Bosheit, deren Zeuge er geworden war.

Es war dieses Augenzwinkern, das Herrn Opp anzog, als er von seiner anstrengenden Arbeit aufblickte. Einen beunruhigenden Moment lang war er sich nicht sicher, ob es Miss Jim oder dem Vogel gehörte.

„Hallo, Herr Opp", sagte die Dame in , sachlichem Ton. „Ich war gerade dabei, Mrs. Gusty ein Porträt mit Buntstiften nach Hause zu bringen, und bin einfach vorbeigekommen, um zu sehen, ob ich Sie nicht überreden könnte, meinen Bruder mitzunehmen, damit er Ihnen bei der Zeitungsarbeit hilft. Du erinnerst dich an Nick, nicht wahr?"

Herr Opp blickte auf. Ein skelettierter Junge mit kahlgeschorenem Kopf spähte eifrig an ihm vorbei ins Büro und verschlang mit seinen scharfen, frettchenartigen Augen jedes Detail der Druckmaschinen.

„Er kennt das Geschäft", fuhr Miss Jim fort und zog ängstlich an den Fingern ihrer Handschuhe. „Er ist seit über einem Jahr in Coreyville dabei. Er will zurück; Aber ich bin nicht bereit, bis er stärker wird. Er ist erst seit zwei Wochen wach."

Herr Opp drehte sich eindrucksvoll in seinem Drehstuhl um, dem einzigen Luxus, den er für unverzichtbar gehalten hatte, und musterte den Antragsteller zweifelnd. Die bloße Andeutung, dass er sich auf dieses zerbrochene Rohr stützte, schien lächerlich; doch das schmale, blasse Gesicht des Jungen und die flehenden Augen von Miss Jim ließen ihn zögern.

„Nun, sehen Sie", sagte er mit zusammengelegten Daumen und geschürzten Lippen, in der Art der verschiedenen Arbeitgeber, vor denen er in der

Vergangenheit gestanden hatte, „wir machen gerade erst einen ersten Anfang, und wir haben' Wir haben unsere Mitarbeiter noch nicht eingestellt. Ich bin ein Geschäftsmann und ein vorsichtiger Mensch. Ich halte es nicht für gerechtfertigt, keine zusätzlichen Ausgaben zu tätigen, bis „The Opp Eagle" in gewisser Weise auf den Beinen ist."

„Oh, das ist in Ordnung", sagte der Junge; „Ich werde einen Monat lang umsonst arbeiten. Viele Leute machen das in den großen Zeitungen."

Miss Jim zupfte warnend an seinem Ärmel, und Mr. Opp, der sah, dass Nicks Begeisterung ihn über seine Grenzen hinausgetrieben hatte, eilte galant zur Rettung.

„Überhaupt nicht", sagte er hastig; „Das ist nicht meine Politik. Ich denke, es könnte mir gelingen, Ihnen einen kleinen, angemessenen Betrag zu zahlen und ihn im Verhältnis zu erhöhen, wenn die Zeitung wohlhabender wird. Meinst du nicht, du solltest dich besser hinsetzen?"

"Nein Sir; Mir geht es gut", sagte der Junge ungeduldig. „Ich kann fast alles tun, was eine Arbeit betrifft, Einstellungstyp, Drucken, , Sammeln, fast alles, was Sie von mir verlangen."

Solch aktuelles Wissen, in welcher Form auch immer, schien vom Himmel gesandt zu sein. Herr Opp seufzte zufrieden.

„Wenn Sie das Gefühl haben, dass Sie nichts Besseres tun können, als die kleine Summe anzunehmen, die ich Ihnen gerade anbieten muss, dann denke ich, dass wir zu einer Vereinbarung kommen können."

„Das ist wirklich nett von dir", sagte Miss Jim und riss ihren Kopf nach vorne, um die übermäßige Schwerkraft ihrer Motorhaube nach hinten zu korrigieren. „Wenn Sie jemals ein Buntstiftporträt wünschen, das nach dem Leben erstellt oder nach einem Foto vergrößert wurde, mache ich Ihnen einen Sonderpreis dafür. Ich bringe das hier nur mit nach Hause zu Mrs. Gusty; Sie hat es für Guin-nevers Geburtstag machen lassen."

Miss Jim entfernte die Verpackung und enthüllte ein Porträt von Miss Guinevere Gusty, sehr große Augen und sehr kleiner Mund. Sie reichte es Herrn Opp und machte auf seine guten Eigenschaften aufmerksam.

„Schau dir nur die Spitze an diesem Kleid an! Mrs. Fallows hat von einem meiner Porträts ein ganzes Muster auf ihren Nadeln abgeschnitten. Und sind dir die Wimpern aufgefallen? man kann sie tatsächlich zählen! Sie hatte vier Knöpfe an ihrem Kleid, aber ich kam nur drei hinein; aber ich werde es Mrs. Gusty gegenüber nicht erwähnen. Findest du es nicht hübsch?"

Mr. Opp, der das Porträt geistesabwesend angelächelt hatte, zuckte schuldbewusst zusammen. „Ja", sagte er verwirrt; „Ja, Ma'am, ich glaube, das ist sie." Dann spürte er ein merkwürdiges Kribbeln in seinen Ohren und stellte zu seiner Bestürzung fest, dass er errötete.

„Für mich ist sie ein zu hängender Typ", sagte Miss Jim und entfernte eine Straußenspitze aus ihrem Blickwinkel. Dann fuhr sie mit einem Nebengeflüster fort: „Sagen Sie, würde es Ihnen etwas ausmachen, Nick diese Flasche Milch um zwölf Uhr trinken zu lassen und sich ein wenig auszuruhen? Er ist nicht so stark, wie er zugibt, und gegen Mittag hat er sozusagen lange Absinkphasen.

Flasche entgegen und half der Dame, ihre Bündel einzusammeln. Er verbeugte sich vor ihr und drehte sich um, um sich der peinlichen Notwendigkeit zu stellen, seinem neuen Angestellten Anweisungen zu geben. Er war jedoch erleichtert, als er feststellte, dass der betreffende junge Herr Initiative besaß; denn Nick hatte sofort seinen Mantel ausgezogen und sich an die Arbeit gemacht, um die Dinge mit einer Energie und einem Können in Ordnung zu bringen, die Mr. Opp dazu veranlassten, ein Gebet tief empfundener Dankbarkeit zu sprechen.

Den ganzen Vormittag arbeiteten sie schweigend, Mr. Opp mühte sich mit seinem Leitartikel ab, wobei er ständig auf ein kleines Wörterbuch zurückgriff, das er in der Schublade des Tisches versteckte, während Nick die Druckmaschinen einer gründlichen und dringend benötigten Überholung unterzog.

Zur Mittagszeit teilten sie ihr Mittagessen, und Mr. Opp, fest im Vertrauen auf die ihm von Miss Jim verliehene Autorität, verlangte, dass Nick seine Milch trinken und sich schließlich zwanzig Minuten lang auf die Bürobank zurücklehnen sollte. Mit großer Mühe konnte Nick überredet werden, dieser übertragenen Verhätschelung zu unterwerfen; aber er war sich offenbar darüber im Klaren, dass Ungehorsam zu Beginn seiner Karriere tödlich sein würde, und außerdem schmerzten seine Glieder und seine Hände zitterten.

In der vertraulichen Atmosphäre dieses ersten Mitarbeiteressens diskutierten sie über die Politik der Zeitung.

„Natürlich", sagte Herr Opp, „haben wir ein gewaltiges Unterfangen vor uns." In den nächsten Monaten werden wir kaum Zeit zum Durchatmen haben. Ich werde mein ganzes Können einsetzen, um „The Opp Eagle" zu einem guten Aufsatz zu machen. Ich werde voraussichtlich um sieben Uhr MORGENS hier sein und meine Arbeit so weit wie nötig bis in die Mitternachtsstunden fortsetzen. Nichts im Sinne von Vergnügen oder irgendetwas anderem wird meine Aufmerksamkeit verderben. Natürlich verstehen Sie, dass meine Gedanken mit den größeren Fragen der Dinge beschäftigt sein werden und ich das Risiko eingehen muss, von Ihnen abhängig zu sein, wenn ich mich um die kleineren Details kümmere."

„In Ordnung", sagte Nick dankbar; „Sie werden es nicht bereuen, dass Sie mir vertraut haben, Herr Opp." Ich werde mein Bestes geben. Wann erscheint die erste Ausgabe?"

„Nun – ähm – die Wahrheit ist", sagte Herr Opp, „ich habe, wie man sagen könnte, noch nicht genug Material angesammelt. Sehen Sie, ich habe viele Eisen im Feuer, und abgesehen davon, dass ich dieses Büro eröffnet habe, bin ich der Präsident einer Firma, die gerade zwanzig Hektar Land hier in der Gegend aufgekauft hat. Das größte Ölangebot –"

„Ja, Sir", unterbrach Nick; „Aber glauben Sie nicht, dass wir in zwei Wochen anfangen könnten, mit den Anzeigen und den Briefen der Mitwirkenden aus anderen Landkreisen und ein oder zwei Geschichten, die ich einbringen könnte, und Ihrer Redaktionsseite?"

„Ich habe zwei Anzeigen", sagte Herr Opp; „Aber ich habe nicht die Absicht, zufrieden zu sein, bis jeder Mann in der Bucht eine Karte erhalten hat. Nun, was ist mit diesen Mitwirkenden aus anderen Landkreisen?"

„Das schaffe ich", sagte Nick. „Ich schreibe einem Mädchen oder Bekannten aus den verschiedenen Städten und bitte sie, mir wöchentlich einen Brief zu schicken. Sie signieren selbst mit „Gipsy", „Fairy", „Big Injun" oder so ähnlich und erzählen, was in ihrer Nachbarschaft los ist. Wir müssen die Buchstaben etwas korrigieren, aber sie helfen wie alles beim Ausfüllen."

Die Stimmung von Herrn Opp stieg über diese kompetente Zusammenarbeit.

„Gefällt dir – äh – der Name?" er hat gefragt.

„„Der Opp Eagle'?" sagte Nick. "Schikanieren!"

Diese uneingeschränkte Zustimmung stieg Herrn Opp zu Kopf, und er durchbrach vorschnell die Würde, die einen Redakteur schützen sollte.

„Es macht mir nichts aus, Ihnen einen Teil meines Leitartikels vorzulesen", sagte er weltmännisch; „Es ist das Ergebnis erheblicher Arbeit."

Er öffnete die Schublade und nahm einige lose beschriebene Seiten heraus, obwohl er jeden Absatz auswendig kannte. Er richtete sich auf seinem Drehstuhl auf, räusperte sich und wandte sich scheinbar an den leichenhaften Jüngling, der lange vor ihm ausgestreckt lag, in Gedanken aber an alle südlichen Grafschaften des großen alten Commonwealth von Kentucky.

Durch seine verschiedenen Geschäftserfahrungen hatte er eine so große Menge an Informationen in seinem Gehirn gespeichert, dass die Vielfalt seines Inhalts einem Laden auf dem Land nicht unähnlich war. Sein Stil war ebenso wie seine Kleidung kunstvoller und prätentiöser als das, was sich darunter verbarg. Es gab viele Wörter, die er vom Sehen her kannte, mit denen er aber keine sprachliche Erfahrung hatte. Aber Herr Opp hatte Ideale, und dies war die erste Gelegenheit, die er jemals hatte, sie seinen Mitmenschen vorzustellen.

„Der große Vogel der amerikanischen Freiheit", las er eindrucksvoll, „ist über das Land geflogen und schließlich in Ihrer Mitte aufgetaucht." „The Opp Eagle" erscheint heute zum ersten Mal. Es ist kein Geldsystem, dem wir uns hingeben; Unser Ziel ist es in erster Linie, einen dringend benötigten Wunsch in der Gemeinschaft zu erfüllen. Mit „The Opp Eagle" erfahren Sie besser und kostengünstiger als mit jeder anderen Methode, was Sie wissen möchten. Ziel ist es, die unschätzbaren Schätze des Wissens für zugänglich zu machen . Denn was ist Brot für den Körper, wenn man nicht auch den Geist geistig und geistig kleidet?

„Wir werden dieser Stadt, unserer Heimat, einen Aufschwung verleihen. Wenn möglich, hoffe ich, die Straßen zu säubern und eine Eisenbahnstrecke zu bauen, und vielleicht mit der Zeit auch Laternenpfähle. Diese Region ist seit jeher für ihre großartigen und erlesenen natürlichen Ressourcen bekannt, aber wir waren erstaunt, man könnte sagen erstaunt, als wir bei unseren letzten Besuchen die nackten und rohen Unermesslichkeiten sahen, die unsere optimistischsten Erwartungen bei weitem übertreffen. Wir sind so zuversichtlich, dass einige unserer angesehensten Bürger auf Betreiben des Herausgebers von „The Opp Eagle" das Land zwischen Turtle Creek und dem Fluss aufgekauft haben, und sobald etwas mehr Kapital vorhanden war angesammelt, beabsichtigen, ein Ölangebot zu eröffnen, das die Augen der Einheimischen in Erstaunen versetzen wird!

„In aller Offenheit sind wir der festen Überzeugung, dass diese von uns bevorzugte Region nirgendwo auf der Erde an unterirdischem Reichtum ihresgleichen hat, auch wenn wir weder von der Abstammung noch vom Stamm der Weltenbummler sind. Wir werden uns die einheimische Bevölkerung dazu zu bewegen, dem weisen Beispiel einiger unserer führenden Bürger zu folgen und Ölrechte aufzukaufen, bevor die Könige von Bonanzas aus den Metropolen unseren Schatz entdecken und ihn uns entreißen. „The Opp Eagle" wird darüber hinaus für Mäßigung und Reform stehen. Wir werden Trauben und Kanister in die Lager der Saloonatiker schleudern, bis sie vor dem kommenden Zorn fliehen. Wird auch eine besondere Erklärung zu allen gesellschaftlichen Veranstaltungen veröffentlichen, einschließlich Hochzeiten, Partys, kirchlichen Anlässen und Beerdigungen. Abschließend möchte ich sagen, dass wir diese erste Gelegenheit nutzen, Ihnen hier gemeinsam für den Empfang zu danken, den Sie dem ‚Opp Eagle' gewidmet haben."

Herr Opp kam zum Schluss und wartete auf Applaus; Er wurde auch nicht enttäuscht.

„Mensch! Ich wünschte, ich könnte so schreiben!" sagte Nick und erhob sich auf seinen Ellbogen. „Ich kann den Druck ganz gut erledigen und mich um die Nachrichten kümmern; aber ich weiß nie, wie ich die Garnituren anziehen soll."

Mr. Opp legte eine Hand auf seine Schulter; Er entwickelte schnell eine Vorliebe für die Jugend.

„Es ist ein Geschenk", sagte er mitfühlend, „dass ich fürchte, mein Junge, niemand kann dich lernen."

"Kann ich reinkommen?" sagte eine Stimme von draußen und Mr. Gallop spähte durch die offene Tür.

„Komm rein", rief Mr. Opp, während Nick aufsprang. „Wir sind gerade dabei, die anstehende Arbeit zu beenden und haben ein paar Minuten Freizeit."

„Ich wollte nur wissen, ob Sie uns helfen würden, eine Stadtkapelle zu gründen", sagte Mr. Gallop. „Ich habe den Jungs gesagt, dass du zu beschäftigt wärst, aber sie haben mich dazu gebracht, zu kommen. Ich fragte Mr. Fallows, ob Sie musikalisch seien; aber ich würde nicht wiederholen, was er gesagt hat."

„Oh, Jimmy ist einfach von Natur aus humorvoll", sagte Herr Opp. „Gehen Sie mit und erzählen Sie mir, was er bemerkt hat."

„Nun", sagte Mr. Gallop empört, „er sagte, Sie seien ein Experte für die Luftröhre! Ich glaube, Mr. Tucker dachte, Sie hätten früher Akkordeon gespielt.

„Nein", sagte Herr Opp; „Es war das Kornett. Ich war einst ein hervorragender Künstler."

„Nun, wir wollen Sie als Anführer unserer Band", sagte Mr. Gallop. „Wir werden blaue Uniformen tragen und regelmäßig Konzerte oben auf der Main Street geben."

Nick Fenny begann nach einem Bleistift zu suchen.

„Wissen Sie", fuhr Mr. Gallop schnell fort, „das letzte Showboot, das hier war, hatte eine Calliope, und nächste Woche kommt ein weiteres." Ich muss eine Melodie nur zweimal hören, dann kann ich sie spielen. Miss Guin-never Gusty fährt nächste Woche nach Coreyville und sie sagt, dass sie uns ein paar neue Stücke besorgen wird. Sie wird einen Plüschschaukel aussuchen, den die Gemeinde dem neuen Prediger schenken soll. Sie halten es schrecklich geheim, aber ich habe gehört, wie sie es am Telefon erwähnt haben. Das Baby des Predigers war schwer krank, ebenso wie seine Mutter oben am

Ridge; aber es geht ihr wieder gut. Nun, ich muss jetzt mitmachen. Ist es nicht warm?"

Bevor Mr. Opp aufgehört hatte , wurde seine Aufmerksamkeit durch das seltsame Verhalten seines Personals gefesselt. Dieser unermüdliche Junge schrieb wütend auf die neue Tapete und bedeckte die saubere braune Oberfläche mit großen, gekritzelten Buchstaben.

Mr. Opps Empörung wurde durch das strahlende Gesicht, das Nick ihm zuwandte, an ihrem Ursprung gedämpft.

„Ich habe eine weitere Kolumne!" er weinte; "Hör zu:

„'Ein neues und hübsches Showboot wird Anfang nächster Woche in der Bucht festmachen. Eine schöne Calliope wird an Bord sein.'

„'Miss Guinevere Gusty wird bald Freunde in Coreyville besuchen.'

„'Der neue Prediger wird bald sehr überrascht sein, wenn er von den Damen der Gemeinde einen schönen Plüschschaukelstuhl geschenkt bekommt.'

„'Der Säugling des neuen Predigers war krank, aber es geht ihm besser.'

„'Jimmy Fallows hätte letzte Woche beinahe einen Job im Ridge bekommen, aber der Dame ging es gut.'

„Und das ist noch nicht alles", fuhr er aufgeregt fort; „Ich gehe jetzt raus, um alle Einzelheiten über diese Band zu erfahren, und wir werden eine lange Geschichte darüber haben."

Herr Opp, der allein in seinem Büro zurückblieb, unternahm einen erfolglosen Versuch, die Arbeit wieder aufzunehmen. Das Flattern der Flügel des „Adlers" vor dem Flug war nicht das Einzige, was seine Konzentrationsfähigkeit beeinträchtigte. Es gefiel ihm überhaupt nicht, wie er sich fühlte. In der letzten Woche hatten sich seltsame Symptome entwickelt, und das Chinin, das er täglich eingenommen hatte, hatte keine Linderung gebracht. Er konnte nicht sagen, dass er krank war – tatsächlich war seine Gesundheit nie besser gewesen –, aber er verspürte ein seltsames Gefühl der Unruhe, eine unbestimmte Störung seines Innersten, die ihn ärgerte und verwirrte. Noch während er versuchte, das Problem zu lösen, riss ihn ein unwiderstehlicher Impuls auf die Beine und trug ihn zur Tür. Miss Guinevere Gusty kam in einem weichen, weißen Musselinkleid und einem Chiphut voller rosa Rosen aus ihrem Tor.

„Kann ich etwas für Sie oben in der Straße tun " rief sie Herrn Opp freundlich zu.

„Na ja, danke – nein, Tatsache ist – nun, sehen Sie, ich halte es für notwendig, dass ich selbst hinaufgehe." Herr Opp hörte sich diese Worte mit großer

Überraschung sagen, und als er tatsächlich das Büro verließ und eine Menge unvollendeter Arbeit zurückließ, kannte seine Empörung keine Grenzen.

„Die Sonne ist furchtbar heiß. Wirst du keinen Hut tragen?" sagte Miss Guinevere gedehnt.

Mr. Opp legte etwas verlegen die Hand an den Kopf und versicherte ihr dann, dass er sehr oft darauf verzichtete.

Sie schlenderten langsam die staubige Straße entlang. Auf der einen Seite wurden sie von Bäumen abgegrenzt, auf der anderen erstreckten sich weite Felder mit Maiskolben, über denen Wellen der Sommerhitze schimmerten. Ständig flatterten weiße Schmetterlinge über ihren Weg, und über ihnen, irgendwo in den Zweigen versteckt, stimmten die Vögel ständig ihren Gesang an. Die Augustsonne, die immer noch hoch am Himmel stand, schien heftig auf die offene Straße, auf das am Wegesrand und auf die schwarzäugigen Susans, die dem Licht zunickten; Am gnadenlosesten aber traf es die kahle Stelle auf dem Kopf des bewusstlosen Mr. Opp, der sich wie in einem hypnotischen Zustand in das Land der Romantik begab.

VIII

Nach ALLEN Gesetzen der Physik hätte Herr Opp in den folgenden Monaten vollkommen still stehen müssen. Denn wenn jemals zwei Kräfte mit gleicher Kraft in entgegengesetzte Richtungen zogen, so taten Liebe und Ehrgeiz im Herzen unseres Freundes, des Herausgebers. Aber Herr Opp blieb nicht stehen; im Gegenteil, er schien sich in alle Richtungen gleichzeitig zu bewegen.

Zu gegebener Zeit absolvierte „The Opp Eagle" seinen ersten Flug und erhielt die Zustimmung der Community. Die erste Seite war formell und enthielt den Leitartikel, eine Liste der Abonnenten, eine Mitteilung an die Steuerzahler und drei Anzeigen, in einer davon wurde „die Dame gebeten, bitte zur Kenntnis zu nehmen, dass die von Miss Duck Brown herausgegebenen Hüte nicht zu sehen sind." der Draht, der den Rahmen bildet."

Aber die erste Seite des „Eagle" war wie die Eingangstür eines Hauses: Wenn man auf der anderen Seite angekommen war, war man sozusagen in der Familie, es gab keine Formalität und es herrschte eine entspannte Atmosphäre der Vertrautheit herrschte vor. Sie haben gelesen, dass Onkel Enoch Siller einen Sonntag im Ridge verbracht hatte oder dass Tante Gussy Williams auf der Liste der Kleinen stand, und häufig gab es freundliche Anspielungen auf „Ye Editor" oder „Ye Quill Driver", denn nachdem er in seinem zu schwindelerregenden Höhen aufgestiegen war In den Leitartikeln ließ sich Herr Opp herab, auf die zweite Seite zu kommen und als Gastgeber unter seinen Gästen in die Kolumnen ein- und auszusteigen.

Es ist schmerzhaft, darüber nachzudenken, was das Schicksal des verliebten Mr. Opp in diesen Tagen gewesen wäre, wenn es nicht den treuen Nick gegeben hätte. Nicks Arbeitshunger war unstillbar; er sehnte sich nach Verantwortung und war noch nie so glücklich wie beim Sammeln von Neuigkeiten. Er jagte einen Gegenstand, wie ein Hund eine Ratte jagen würde, indem er ihn zuerst witterte, dann jagte und ihn, nachdem er ihn ein wenig verstümmelt hatte, stolz seinem Herrn zurückgab.

Durch diese kompetente Unterstützung war Herr Opp in der Lage, viele halbe Stunden für die Beratung mit Miss Guinevere Gusty bezüglich der Berichtsarbeit zu sparen, die sie für die Zeitung leisten wollte. Die Tatsache, dass niemand starb oder heiratete, verzögerte die eigentliche Durchführung, aber um für den Notfall gerüstet zu sein, wurden häufige Anrufe als zweckmäßig erachtet.

Es gehörte zum Tagesprogramm, ihr seinen Leitartikel vorzulesen, sie zu einem gesellschaftlichen Thema zu befragen oder einen neuen Abonnenten zu melden, während sein Selbstwertgefühl unter ihrer Wärme alle möglichen neuen Triebe hervorbrachte und in exotischer Blüte erblühte Genehmigung.

Miss Gusty ihrerseits entwickelte ein neues Interesse an ihrer Umgebung. Zusätzlich zu der subtilen Schmeichelei, die sich aus der Konsultation ergab, erhielt sie täglich Bücher, Musik, Süßigkeiten aus der Drogerie und manchmal eine Handvoll Blumen, die sorgfältig in einer Zeitung versteckt waren, um dem wachsamen Auge von Jimmy Fallows zu entgehen.

Bei mehreren Gelegenheiten erwiderte sie die Anrufe von Herrn Opp, bahnte sich behutsam ihren Weg über die Straße und spähte durch das Fenster, um sich zu vergewissern, dass er da war.

In solchen Momenten verhielten sich die Mitarbeiter von „The Opp Eagle" falsch. Es protestierte gegen eine junge Frau im Presseraum; es missbilligte es, dass die besagte Person am Deal-Tisch saß und ein vertrauliches Gespräch mit dem Herausgeber führte; es war nicht lustig, wenn sie die Bleistifte in das Tintenfass tauchte und Namen auf das neue Büropapier kritzelte; Und als der Punkt erreicht war, an dem sie im Büro umherging, absurde Fragen stellte und mit dem Typ umging, konnte das Personal es nicht länger ertragen, sondern eilte hinaus, um den Ärger über die Verfolgung des Geschäfts zu vergessen.

Darüber hinaus wurde das Verhalten des Häuptlings, wie Nick Mr. Opp gerne nannte, immer eigenartiger. Er würde am Morgen ankommen, seine Taschen voller Papiere und sein Kopf voller Projekte. Er würde die Arbeit des Tages mit wilder Intensität angreifen und dann mittendrin, ohne Vorwarnung, scheinbare Trance verfallen, die Hände in den Taschen, den Blick zur Decke gerichtet und so ein Lächeln auf dem Gesicht sein Gesicht, wie man es normalerweise für eine Kamera reserviert.

Nick wusste nicht, dass es das Lied der Sirene war, das Mr. Opp rief, der, anstatt sich am Mast festzumachen und auf das offene Meer zu steuern, sein kleines Boot gefährlich nahe der felsigen Küste treiben ließ.

Für Mrs. Gusty ist kein Aspekt des Verfahrens verloren gegangen. Sie wandte bei ihrer Tochter die gleiche Methode an wie bei ihren Reben, indem sie sie aus eigener Kraft fest an die Wand band und ihr die Richtung und Länge vorschrieb, in die sie wachsen sollte. Die Situation müsste später bereinigt werden, aber vorerst studierte sie die Bedingungen und wartete den richtigen Zeitpunkt ab.

Mittlerweile kreiste der „Adler" in seinem Flug weiter. Die hartnäckigen und beredten Artikel von Herrn Opp über den großen Ölreichtum der Region wurden durch einen positiven Bericht des Labors in der Stadt untermauert, an das er eine Probe aus der Quelle am Turtle Creek geschickt hatte. Ausgestattet mit Flügeln der Hoffnung und einem kleinen Ballast an Fakten machte sich der „Adler" auf den Weg und zog mit der Zeit die Aufmerksamkeit einer Gruppe von Kapitalisten auf sich, die durch den Staat reisten, um nach Öl- und Mineralienmöglichkeiten zu suchen.

An einem epochalen Tag wurde der Redakteur über ein Ferngespräch angerufen, und nach Beantwortung zahlreicher Anfragen teilte man ihm mit, dass die Gruppe voraussichtlich die folgende Nacht in der Bucht verbringen werde.

Dieses wichtige Ereignis fand im letzten November statt und versetzte die Stadt in große Aufregung. Herr Opp erhielt die Nachricht am frühen Morgen und machte sich sofort an die Arbeit, um eine Versammlung der Turtle Creek Land Company einzuberufen.

„Dies hier ist einer der kritischsten Momente in der Geschichte von Cove City", verkündete er aufgeregt gegenüber Nick. „Es ist ein großes Glück, dass sie mich hier haben, um die vorbereitenden Vorbereitungen zu treffen und, wie man so sagen könnte, die Sache irgendwie zu festigen. Ich werde für elf Uhr ein -Treffen in Ihrem Hotel einberufen . Rufen Sie den alten Hager und den Prediger an, und ich werde Jimmy Fallows und Mr. Tucker benachrichtigen."

„Der Prediger ist nicht in der Stadt; Er ist draußen in Smither's Ridge und heiratet ein Paar. Ich habe die gesamte Mitteilung vorher ausschreiben lassen."

„Nun, zerreißen Sie es", sagte Herr Opp. „Ich habe eine besondere Hand mit der Organisation aller Hochzeiten und Beerdigungen beauftragt."

Nick sah verletzt aus; Dies war das erste Mal, dass sein Königreich angegriffen wurde. Er trat mürrisch gegen die Tür.

„Ich kann den Prediger nicht erreichen, wenn er draußen in Smither's Ridge ist."

„Nick", sagte Mr. Opp ebenso verletzt, „ist das die Art und Weise für einen untergeordneten Reporter, mit einem Redakteur zu sprechen?" Sie scheinen sich nicht darüber im Klaren zu sein, dass es sich hier um eine sehr ernste und große Transaktion handelt. Möglicherweise geht es um Hunderte von Dollar. Es ist eine schreckliche Last der Verantwortung für einen Mann. Ich bin bereit, es zu finanzieren und die Hauptangelegenheiten zu regeln, aber ich brauche die Unterstützung aller anderen -Parteien. Jetzt liegt es an Ihnen, ob der Prediger dort ankommt oder nicht."

„Soll ich auch Mat Lucas aufspüren?" fragte Nick, als er losging.

"NEIN; Das ist mein Zweig der Arbeit: aber – sagen wir mal – Nick, deine Schwester wird da sein müssen; Sie besitzt einige Aktien."

„In Ordnung", sagte Nick; „Ihr Buggy steht vor Tuckers. Ich sage ihr, sie soll warten, bis du kommst."

Herr Opp ließ nicht lange auf sich warten. Mit großen Schritten schritt er die Straße entlang, und sein Busen war kaum in der Lage, das Gefühl von Stolz und Verantwortung unterzubringen, das ihn anschwellen ließ. Er hatte eine Vertrauensstellung; Seine Mitbürger würden sich auf ihn verlassen, einen Mann mit größerer Erfahrung und geschäftlichen Fähigkeiten, der mit diesen wohlhabenden Fremden umgehen würde. Er wäre fair, aber klug. Er kannte die klugen List der Kapitalisten; er würde ihnen mit ruhiger, aber unnachgiebiger Würde begegnen.

In dieser Stimmung traf er auf Miss Jim, die gerade einen langen Spitzenschal von ihrer Kinderwagenpeitsche löste. Ihr gerötetes Gesicht und ihre blitzenden zeigten so unverkennbare Zeichen des Zorns, dass Mr. Opp einen besorgten Blick auf die Peitsche in ihrer Hand und dann auf Jimmy Fallows warf, der ihr Pferd anspannte.

„Hallo, Mr. Opp", sagte sie. „Nach allem, was ich gesehen habe, ist es eine Freude, einen Gentleman kennenzulernen."

„Ich hoffe", sagte Mr. Opp, „dass unser Freund hier sich nicht seinem üblichen ..." hingibt

„Es ist nicht Mr. Fallows", unterbrach sie scharf; „Es ist Mr. Tucker. Er hat nicht das Gefühl eines Besenstiels."

„Nun, Miss Jim", begann Jimmy Fallows in neckendem Ton; aber die Dame wandte ihm den Rücken zu und wandte sich an Herrn Opp.

„Sie sehen dieses Porträt", sagte sie wütend und zog es unter dem Sitz hervor. „Ich habe vier Wochen gebraucht, darunter zwei Sonntagnachmittage, um es zu schaffen. Ich begann damit in der zweiten Woche nach Mrs. Tuckers Tod, als ich sah, wie er sich in der Kirche so viel Mühe gab. Er weinte so sehr, als sie mit der Sammlung begannen, dass er den Teller nicht einmal an vorbeigehen sah. Ich ging direkt nach Hause und machte mich an die Arbeit an diesem Porträt, weil ich dachte, er wäre froh und willens, es von mir zu kaufen. Würdest du es nicht tun, wenn du Witwer wärst?"

Mr. Opp blickte zweifelnd auf das Bild, das Mr. Tucker zeigte, der trostlos neben einem Grab saß und ein schwarz umrandetes Taschentuch leicht zwischen seinen Fingern hielt. Über ihm hing eine Trauerweide, und auf dem Grabstein neben ihm standen zwei Engel, die die Initialen der verstorbenen Mrs. Tucker trugen.

„Aber, Miss Jim", beharrte Fallows, „Sie verlangen zu viel vom alten Tucker, als dass Sie von ihm erwarten könnten, dass er weiterhin einen Grabstein sieht, wenn er ein Auge auf Sie und ein Auge auf die Witwe Gusty gerichtet hat." Auf seinem Kopf hat er keine Haare, die er scheiteln könnte, aber er hat es sich angewöhnt, sie hinten zu scheiteln, und ich habe ihn am Sonntag dabei gesehen, wie er versuchte, die Kirchenlieder ohne Brille zu lesen. Er begann mit „Let a Little Sunshine In", als sie „Come, ye Disconsolate" sangen. Du radierst das Gesicht und die Initialen auf dem Bild aus und bewahrst es für den Witwer des nächsten auf Ketch ihn, wenn er noch hängt. Sie erhalten Ihr Geld zurück. Ihr Fehler bestand darin, zu lange zu warten."

„Apropos Warten", sagte Mr. Opp ungeduldig, „heute Morgen um elf Uhr findet in Ihrem Hotel eine Telefonkonferenz der Turtle Creek Land Co. statt. Ich hoffe, es ist praktisch, Jimmy."

„Oh ja", sagte Jimmy; „Wir haben in Ihrem Hotel mehr freie Stühle als alles andere. Wozu dient das Treffen? Auf Gold gestoßen?"

Herr Opp überbrachte die großartigen Neuigkeiten.

„Oh, mein Land!" rief Miss Jim, „werden sie heute hier sein?"

„Erst morgen Abend", erklärte Herr Opp. „Diese Versammlung hier heute Morgen ist nur für die Aktionäre. Wir müssen unsere Richtlinien klarer darlegen und eine Art Betriebsgrundlage festlegen."

„Nun", sagte Miss Jim, „ich werde das Porträt zu Mrs. Gusty bringen und sie bitten, sich für mich darum zu kümmern." Ich nicht, ob ich das Gesicht in das eines anderen verwandeln kann, aber ich kann es mir nicht leisten, es zu verlieren."

Es war Nachmittag, bis alle Aktionäre zusammenkommen konnten. Sie versammelten sich im Büro Ihres Hotels in unterschiedlichem Geisteszustand, der von offener Skepsis bis hin zu großer Begeisterung reichte.

Herr Tucker vertrat das konservative Element. Er war der reiche Mann der Stadt, bei dem Sparsamkeit, zunächst eine Notwendigkeit, zum Luxus geworden war. Man hätte sich keinen besseren Beweis für die Überzeugungskraft von Herrn Opp wünschen können als die Tatsache, dass Herr Tucker in hundert Aktien der neuen Aktien investiert hatte. Er saß auf der Kante seines Stuhls, dürr, ängstlich, zappelig, voller Einwände und bereit, halb vorn loszugehen. Der alte Mann Hager saß in seinem Schatten, erhob Einwände, wenn er Einwände erhob, stimmte ab, wie er abstimmte, und bereitete sich darauf vor, seinen Geldbeutel zu lockern oder zu straffen, wie Mr. Tucker es vorschlug.

Mat Lucas und Miss Jim waren Unabhängige. Sie verfügten beide über ausreichende Geschäftserfahrung, um ihre eigenen . Wenn sich in der Bucht oder um sie herum Geld verdienen ließe, wollten sie sich daran beteiligen.

Herr Opp und der Prediger bildeten die Liberale Partei. Sie sorgten für den Enthusiasmus, der das Projekt voranbrachte. Sie konnten sich in die Zukunft projizieren und blendende Wahrscheinlichkeiten prophezeien.

Jimmy Fallows, der einzige in der Gruppe, behielt eine künstlerische Haltung gegenüber der Situation bei. Er war absolut distanziert. Er saß da, den Stuhl an die Tür gelehnt, die Daumen in den Armlöchern, und betrachtete die ganze Angelegenheit als einen großen Witz.

„Die Frage, die sofort in Betracht gezogen werden muss", sagte Herr Opp eindrucksvoll, „ist, ob diese Herren hier uns aufkaufen wollen und wir verkaufen würden, oder ob wir fest im Besitz bleiben und ihnen unser Land und unseren Anteil verpachten lassen würden." die Gewinne aus dem Öl."

„Nun, ich wäre lieber für einen Ausverkauf, wenn wir die Chance dazu bekommen", drängte Mr. Tucker mit hoher, mürrischer Stimme. „Auf einem steigenden Markt zu verkaufen ist immer ein ziemlich guter Plan."

„Nachdem wir gegen die Städter angelaufen sind", sagte Mat Lucas, „werde ich überrascht sein, wenn wir so viel rausholen, wie wir reinstecken."

„Meine Herren", protestierte Herr Opp, „das hier ist nicht die Haltung, die man zu dieser Angelegenheit einnehmen sollte." Meiner tiefsten Überzeugung nach gibt es in diesen Ländern ein Vermögen. Die Gründung von „The Opp Eagle" hat meine Finanzen, wie Sie wissen, erheblich belastet, aber alles andere, was ich habe, ist in diese Firma geflossen. Es ist eine großartige und herrliche Gelegenheit, die ich schon seit vielen Jahren vorhersage und prophezeie. Werden wir uns an diese Partei verkaufen und sie den Preis ernten lassen? NEIN; Ich vertraue und hoffe, dass dies nicht der Fall ist. Um mehr Kapital für die Erschließung der Minen zu haben, plädiere ich für deren Übernahme."

„Ich wette, sie haben unsere Aufnahme befürwortet", kicherte Jimmy.

„Nun, meine lieben Freunde, nehmen wir an, wir stimmen darüber ab", schlug der Prediger vor.

„Reichen Sie Ihre Hand da hinten in der Presse, Mr. Opp, und greifen Sie zum Bleistift", sagte Jimmy, ohne sich zu bewegen.

„Der Antrag, der dem Repräsentantenhaus vorliegt", sagte Herr Opp, „ist, ob wir sie verkaufen oder aufnehmen. Alle, die dafür sind, sagen ‚Ja'."

Es gab ein einstimmiges Ja-Votum, obwohl jedes Mitglied den Antrag auf seine eigene Weise interpretierte.

„Sehr gut", sagte Herr Opp energisch; „Der Antrag wird angenommen. Jetzt müssen wir die Unterhaltung der Party arrangieren."

Mr. Tucker, dessen Gehirn eine Unterkunft war, die an jeder Station anhielt, kämpfte immer noch mit der jüngsten Bewegung, als dieser neue Gedanke an Unterhaltung an ihm vorbeizischte. Der Instinkt des Vermieters erwachte bei dem Anruf, er schaltete umgehend die Hauptleitung ab und begab sich auf das Nebengleis.

„Gallop war vor einiger Zeit hier", sagte Jimmy mit einem zufriedenen Blick auf Mr. Tucker; „Sie sagten, sie wollten, dass ich ihnen den Garaus mache. Ich werde allen bis auf die Prediger entgegenkommen. Wenn es Prediger gibt, dann hat Mr. Tucker welche. Irgendwo muss ich Ich kann es nicht ertragen, dass sie mich „Bruder-Fallowing" machen. Als die alte Frau das letzte Mal einen eingesperrt und nach Hause gebracht hat, war er genauso froh, mich zum Arbeiten zu finden, wie sie sich über ein paar Früchte zum Konservieren gefreut hätte. „Bruder", sagt er und greift nach meiner Hand, „denkst du jemals an den schrecklichen Ort, an den du kommen wirst, wenn du stirbst?" „Wetten", sage ich; ‚Ich habe dort mehr Freunde als irgendwo anders.'" Und Jimmys Lachen erschütterte das Ofenrohr.

„Wie viele Herren kommen morgen?" fragte Miss Jim, die so weit wie möglich von Mr. Tucker entfernt in einer Ecke saß.

„Zehn", sagte Jimmy. „Man würde es kaum glauben, aber dieses Hotel hier hat sechs Schlafzimmer. Ich habe mich um bis zu zwanzig auf einmal gekümmert, ganz einfach, aber ich werde gehängt, wenn ich jemals von so einer Dummheit höre, dass jeder dieser Kerle ein Zimmer für sich allein haben will."

„Ich habe drei Zimmer leer", sagte Mr. Tucker.

„Nun, da bleibt einer übrig", sagte Mat Lucas. „Ich würde ihn mit nach Hause nehmen, aber wir haben Gesellschaft und schlafen jetzt zu dritt in einem Bett."

Herr Opp zögerte; dann überwog seine Gastfreundschaft seine Diskretion.

„Betrachten Sie ihn einfach als meinen Gast", sagte er. „Ich werde sehr gerne für die Unterhaltung des betreffenden Herrn sorgen."

Erst als die Arbeit des Tages erledigt war und Mr. Opp sich auf den Heimweg machte, wurde ihm klar, wie müde er war. Es waren nicht seine Pflichten als Redakteur oder gar als Promoter, die ihn belasteten; Es waren seine häuslichen Angelegenheiten, die ihn beschäftigten. Denn nicht nur tagsüber, sondern auch nachts führte Herr Opp ein anstrengendes Leben. Miss Kippys Tag begann mit seiner Heimkehr und endete am Morgen, als er wegging; Den Rest der Zeit wartete sie.

Das Problem, mit dem er gerade konfrontiert war, war die Unterhaltung des erwarteten Gastes. Seit er denken konnte, war noch nie ein Fremder in die kleine Welt eingedrungen, in der Miss Kippy ihr unwirkliches Leben Träume führte. Welche Auswirkungen würde es auf sie haben? Wäre es besser, sie als etwas zu verstecken, für das er sich schämte, oder sie erscheinen zu lassen und das Risiko einzugehen, dass ihr Mangel gleichgültigen Blicken ausgesetzt wird? Während der Monate, in denen er sie beobachtet hatte, war eine leidenschaftliche Zärtlichkeit in seinem Herzen entstanden. Er war von der Hoffnung erfüllt, dass sie aus ihrem Zustand gerettet werden könnte. Nacht für Nacht versuchte er geduldig, ihr Lesen und Schreiben beizubringen, hielt immer wieder inne, um ihren Launen nachzugeben und ihren törichten Fantasien nachzugeben. Mehr als einmal hatte ihn ein neuer Ausdruck in ihren Augen überrascht, ein plötzliches Aufleuchten von Vernunft, von ängstlichem Verständnis; und in solchen Momenten klammerte sie sich an ihn, um sich vor dem seltsamen Wesen, das sie selbst war, zu schützen.

Als er tief in Gedanken versunken dahintrottete, fiel ihm eine weiße Chrysantheme zu Füßen. Als er aufblickte, entdeckte er Miss Guinevere Gusty in einem roten Umhang und Hut, die mit einer Bandschachtel auf dem Schoß am Ufer saß.

Seine Sorgen wurden sofort von dem Herzbeben verschlungen, das darauf folgte aber seine Rede war ähnlich, und er stand törichterweise da, öffnete und schloss seinen Mund, unfähig, einen Laut hervorzubringen.

„Ich warte darauf, dass das Paket nach Coreyville geht", verkündete Miss Gusty, rückte lächelnd ihren Federhut zurecht. "Herr. Gallop sagt, es sei eine Stunde zu spät; aber es ist mir egal, es ist so ein großartiger Tag."

Herr Opp wandte den Blick lange genug ab, um einen forschenden Blick auf Himmel und Erde zu werfen. "Ist es?" fragte er und fand seine Stimme wieder. „Ich war so mit dem Geschäft beschäftigt, dass ich nicht selten die Gelegenheit genutzt habe, das Wetter zu beobachten."

„Na ja, es ist alles weich und warm, genau wie im Frühling", fuhr sie fort, streckte ihre Arme aus und blickte zum Himmel auf. „Ich wünschte, ich hätte Zeit, ein Stück am Fluss entlang zu laufen."

„Ich nehme Sie mit", sagte Herr Opp eifrig. „Wir können das Pfeifen des Bootes noch rechtzeitig hören, um zurückzukommen. Außerdem ist es eine Stunde zu spät."

Sie zögerte. „Bist du wirklich sicher, dass du mich zurückbekommen kannst?"

„Perfekt", verkündete er. „Ich könnte sagen, in all meiner Erfahrung habe ich noch nie eine Dame auf einem Boot gehabt."

Miss Guinevere, die es gewohnt war, geführt zu werden, reichte ihm ihre Bandschachtel und folgte ihm das steile Ufer hinauf.

Der Weg schlängelte sich zwischen den Bäumen hin und her, verlor sich bald im Wald und endete bald am offenen Fluss. Die ganze Welt war ein Aufruhr aus Purpur und Gold, und es war warm mit diesem sanften Echo des Sommers, der etwas von seiner Süße und all seiner Traurigkeit, aber nichts von seiner Heiterkeit mit sich bringt.

Mr. Opp ging neben seiner Göttlichkeit her und achtete nicht auf alles andere. Das Sonnenlicht fiel unbemerkt, außer wenn es auf ihr Gesicht fiel; Die einzige Brise, die vom Himmel wehte, war diejenige, die ihr eine Locke über die Wange treiben ließ. Während Herr Opp ging, redete er und gab sich alle Mühe, es ihm recht zu machen. Sein brennender Wunsch, ihrer würdig zu sein, verführte ihn zu allen möglichen verbalen Extravaganzen, und die bloße , dass sie größer war als er, veranlasste ihn, sich einer erhabeneren und bildlicheren Sprache hinzugeben. Er fing flüchtige Zitate ein, entwickelte seltsame Metaphern, prägte Worte und schüttete alles in einem glitzernden Haufen Beredsamkeit vor ihrem Schrein aus.

Während er redete, ging sein Begleiter achtlos neben ihm her und blieb hin und wieder stehen, um ein paar Goldrutenzweige zu sammeln oder um geistesabwesend durch eine freie Stelle in den Bäumen auf den Fluss zu blicken. Denn Miss Guinevere Gusty lebte in einer eigenen Welt – einer Welt voller vager Möglichkeiten, halbdefinierter Sehnsüchte und ungreifbarer Träume. Liebe war immer noch ein abstraktes Gefühl, etwas Strahlendes und Atemloses, das sie jeden Moment einhüllen und nach Elysium entführen konnte.

Als sie sich bückte, um ihren Rock von einem Dorn zu befreien, der sie festhielt, zeigte sie auf das Ufer.

„Da sind ein paar hübsche Gummiblätter; Ich wünschte, sie wären nicht so weit unten."

"Wo?" forderte Herr Opp, der unbesonnen darauf bedacht war, seine Tapferkeit unter Beweis zu stellen.

„„Weit hinunter über den Rand; aber du darfst nicht gehen, es ist zu steil."

„Nichts für mich", sagte Mr. Opp und stürzte sich kühn durch das Unterholz.

Der Baum wuchs in einem spitzen Winkel über das Wasser und die Äste waren so weit oben, dass man ein kurzes Stück hinausklettern musste, um sie zu erreichen. Mr. Opps Seele war zweifellos die eines fahrenden Ritters, aber sein Körper, leider! war nicht. Als er sich rittlings auf dem schlanken, schwankenden Stamm befand und das Ufer steil zum Fluss abfiel, der schwindelerregend unter ihm floss, erblindete er plötzlich und unerwartet. Zwischen der Bewunderung für sich selbst, jemals dort angekommen zu sein, und der Verzweiflung, jemals wieder zurückzukommen, lag die gegenwärtige Notwendigkeit, seinen Griff lange genug zu lockern, um einen Zweig der purpurnen Blätter abzubrechen. Er versuchte, ein Auge zu öffnen, aber der Effekt war so erschreckend, dass er es sofort schloss. Er stellte sich vor, wie er vor wenigen Augenblicken anmutig die Straße entlangschlenderte und sich brillant über verschiedene Themen unterhielt; Dann dachte er bitter über den Moment und die Wirkung nach, die er auf die junge Dame im roten Umhang auf dem Pfad oben haben musste. Er sah, wie er sich niedergeschlagen an den schwankenden Baumstamm klammerte und nur darauf wartete, dass seine Kraft oder der Baum nachgab, bevor er ins Wasser unter ihm stürzte.

„Das ist ein hübscher Sprühnebel", rief die sanfte Stimme von oben; „das da oben, links."

Mr. Opp nahm all seinen Mut zusammen und streckte seine Hand blind in die angezeigte Richtung aus, und während er dies tat, wurde ihm klar, dass die Vernichtung unmittelbar bevorstand. Er zeigte eine schnelle geometrische Figur in der Luft und spürte, wie er durch den Raum schleuderte, bis er plötzlich und schrecklich innehielt, als er auf der Erde aufschlug. Er war überrascht, dass er noch am Leben war, und öffnete vorsichtig die Augen. Zu seinem weiteren Erstaunen stellte er fest, dass er unverletzt auf den Füßen gelandet war und dass er in seiner linken Hand einen langen Zweig aus Kaugummiblättern hielt.

„Warum hast du die Katze gehäutet, nicht wahr?" rief eine bewundernde Stimme von oben. „Ich habe mich nur gefragt, wie du jemals runterkommen würdest."

Mr. Opp kroch das rutschige Ufer hinauf, seine Knie zitterten, so dass er kaum stehen konnte.

„Ja", sagte er, als er ihr die Blätter reichte; „Solche sportlichen Leistungen scheinen für manche Menschen ganz natürlich zu sein."

„Du musst furchtbar stark sein", fuhr Guinevere fort und sah ihn anerkennend an.

Mr. Opp sank neben ihr auf das Ufer und gab sich dem vollen Genuss des Augenblicks hin. Beide Hände waren schwer verletzt, und er hatte die leise Ahnung, dass sein Mantel hinten zerrissen war; aber er war glücklich, mit dem wilden, rücksichtslosen Glück eines Menschen, zu dem das Schicksal unerwartet freundlich war. Außerdem war das Ziel in Sicht, auf das er in der letzten Stunde mit all seinen Gedanken gehofft hatte. Er konnte bereits flüchtige Blicke auf die wunderschöne Vision erhaschen. Er konnte hören, wie er mit magischen Worten der Beredsamkeit die Zitadelle stürmte . Währenddessen hielt er die Bandschachtel in der Hand und lächelte stumm ins Leere.

Von weit unten stieg der stechende Geruch verbrannter Blätter auf, und die Luft war von einem blauen Dunst erfüllt, der leuchtend wurde, als die Sonne ihn durchflutete. Es hüllte die Welt in ein Geheimnis und übergoss den sterbenden Tag mit einem Hauch von Glanz.

„Es ist so schön, dass es weh tut", sagte das Mädchen und verschränkte die Hände um die Knie. „Ich schaue mir das alles gerne an, aber es überkommt mich mit Gänsehaut – ich fühle mich irgendwie einsam. Bist du es nicht?"

Herr Opp schüttelte nachdrücklich den Kopf. Es war das einzige Mal seit Jahren, dass er sich in den Tiefen seiner Seele nicht einsam gefühlt hatte. Denn so wie der Altweibersommer auf die Erde zurückgekehrt war, so war auch bei Mr. Opp die Jugend zurückgekehrt. Die Blüte seines Wesens erwachte zum Blühen, und die Springflut war im Hochwasser.

Ein verspätetes Rotkehlchen über ihm, das seine Verzückung nicht länger zurückhalten konnte, brach in Gesang aus; aber Mr. Opp, der ebenfalls mit seinem Thema beschäftigt war, war nicht in der Lage, eine Silbe hervorzubringen. Die funkelnde Beredsamkeit und die schönen Phrasen waren verflogen, und nur die nackte Wahrheit war übrig geblieben.

Guinevere, die sich der sehr leidenschaftlichen Blicke bewusst wurde, die auf sie geworfen wurden, sagte, sie denke, das Boot müsse bald fällig sein.

„Oh nein", sagte Herr Opp; „Das heißt, ich wollte gerade sagen – warum – ähm – sagen Sie, Miss Guin-never, glauben Sie, Sie könnten sich jemals um mich schimpfen?"

Guinevere, der so in die Enge getrieben wurde, flüchtete sich in eine Täuschung. „Warum – Mr. Opp – ich bin nicht alt genug für dich."

„Ja, das bist du", platzte er inbrünstig heraus. „Du bist alles für mich: alt genug und schön genug und klug genug und süß genug. Ich habe noch nie einen Menschen gesehen, der auch nur ansatzweise daran gedacht hätte, sich mit dir zu vergleichen."

In der Aufregung des Augenblicks pflückte Guinevere nervös alle Blätter von dem Ast, den sie mit so viel Mühe erworben hatte. Mit Mühe gelang es ihr schließlich, den Blick zu heben.

„Du warst sehr gut zu mir", sagte sie stockend, „und – und hast mich viel glücklicher gemacht; aber es ist mir egal, wie du es meinst."

„Gibt es sonst noch jemanden?" forderte Mr. Opp, bereit, sich ins Verderben zu stürzen, wenn sie mit „Ja" antwortete.

„Oh nein", antwortete sie ihm; „Es hat nie jemanden gegeben."

„„Warum, Herr Opp, ich bin nicht alt genug"‘

„Dann werde ich meine Chance nutzen", sagte Herr Opp und weitete seine schmale Brust. „Was auch immer ich von der Welt habe, ich musste kämpfen. Es macht mir nichts aus, Ihnen zu sagen, dass ich von Anfang an mit einer Behinderung angefangen habe. Du kennst meine Schwester – sie ist eine – nun ja, eine Invalide, könnte man sagen, und als ihr Vater noch lebte, war mein Schicksal nicht gerade so günstig, wie es jetzt ist. Ich hätte nie gedacht, dass es einen Sinn haben würde, über eine Heirat nachzudenken, bis ich dich kennengelernt habe, und dann schien ich irgendwie nicht in der Lage zu sein, an nichts anderes zu denken. Wenn du mich einfach lässt, werde ich warten. Ich werde dir beibringen, dich zu kümmern. Ich werde Sie nicht stören, aber warten Sie einfach geduldig, solange Sie es sagen." Und das von Mr. Opp, dessen Leben schon zur Hälfte ausgelaufen war! „Alles, was ich verlange", fuhr er wehmütig fort, „ist ab und zu ein kleines Zeichen." Du könntest mir einen kurzen Blick zuwerfen oder so, nur damit die Zeit nicht zu lang erscheint."

Es war fast eine Frage, und als er sich mit dem Sonnenlicht in seinen Augen zu ihr beugte, berührte etwas von der Schönheit des Tages auch ihn, genau wie es das Unkraut zu seinen Füßen berührte, und ließ sie beide für einen transzendenten Moment voneinander trennen der Herrlichkeit der Welt.

Guinevere Gusty, die bereits in die Liebe verliebt war und blind nach etwas Tieferem und Feinerem in ihrem eigenen Leben strebte, wurde plötzlich von einer Welle des Mitgefühls erfasst. Sie streckte unwillkürlich ihre Hand aus und berührte seine Finger.

Die Sonne ging hinter dem fernen Ufer unter und das Licht auf dem Fluss verblasste. Herr Opp hatte fast Angst zu atmen; Er saß da, den Blick auf den fernen Horizont gerichtet, und die kleine, schlanke Hand in seiner, und für einen Moment war die Welt in ihrer Umlaufbahn fixiert, und die Zeit selbst stand still.

Plötzlich ertönte aus der Stille das lange, tiefe Pfeifen des Bootes. Sie rappelten sich auf und eilten Weg hinunter, wobei Mr. Opp Schwierigkeiten hatte, mit dem flinkeren Schritt des Mädchens Schritt zu halten.

„Ich werde jede Minute rechnen, bis das Boot morgen Abend ankommt", keuchte er, als sie in Sichtweite des Kais kamen. „Ich werde jeden beneiden —"

„Wo ist meine Bandbox?" forderte Guinevere. „Warum, Herr Opp, wenn Sie es nicht im Wald gelassen haben!"

Fünf Minuten später, gerade als die Glocke zum Starten des Bootes läutete, erschien eine fliegende Gestalt auf dem Kai. Er hatte keinen Hut und war atemlos, sein Mantel war vom Kragen bis zum Saum zerrissen, und beim Laufen flatterte eine große Bandschachtel wild gegen seine Beine. Er kam in rekordverdächtiger Geschwindigkeit die Zielgerade hinunter, stieg an Bord, als die Landungsplanke angehoben wurde, stellte seine Bandkiste auf dem Deck ab und räumte dann mit einem Anlauf den schnell größer werdenden Raum zwischen dem Boot und dem Ufer frei und ließ sich auf den Kai fallen.

umrundet hatte , und dann, nachdem er eine Zeitung herausgegeben, für ein großes Unternehmen geworben, einen Vorschlag unterbreitet und im Laufe eines Tages zwei bemerkenswerte sportliche Stunts vollbracht hatte, Mr. Opp wandte seine Schritte nach Hause.

IX

Der NÄCHSTE Tag brach nass und kühl an. Ein feiner Nebel hing in den Bäumen, und die Blätter und Gräser sackten unter der Last der Feuchtigkeit zusammen. All das Purpur und Gold hatte sich in Braun und Grau verwandelt, und die Vögel und Grillen hatten offensichtlich ihr Zwitschern aufgegeben und sich für die Saison zurückgezogen.

Beim Licht einer flackernden Kerze nahm Herr D. Webster Opp ein bescheidenes Frühstück ein. Die luxuriösen Gewohnheiten des Moore-Haushalts hatten das Frühstück je nach Ankunftszeit von Tante Tish zu einem beweglichen Fest gemacht, und bei der Einführung des neuen Regimes hatte Mr. Opp es für notwendig gehalten, sein eigenes Frühstück zuzubereiten, um sicherzustellen, dass er ins Büro kam am Vormittag.

Während er an seinem aufgewärmten Kaffee nippte, Ellbogen auf dem roten Tischtuch und die Absätze auf der Stuhlsprosse, rezitierte er leise vor sich hin aus einem sehr großen und imposanten Buch, das auf dem Tisch stand vor ihm, die Blätter auf der einen Seite von einem Kerzenständer und auf der anderen von einem Salzstreuer zurückgehalten. Es war ein Buch, das Herr Opp im Abonnement kaufte und das den Titel „Eine Enzyklopädie des Wunders, der Schönheit und der Weisheit" trug. Es enthielt Informationskügelchen zu allen Themen, und Herr Opp machte es sich zur Gewohnheit, mehrere davon vor dem Frühstück einzunehmen und die Dosis bei jeder Mahlzeit zu wiederholen, wenn die Umstände es erlaubten. „Ein Redakteur", sagte er zu Nick, „muss sich über alle Themen auf dem Laufenden halten. Er muss umfassend und kontinuierlich lesen."

In der Regel folgte er in seinem Streben nach Wissen keiner besonderen Linie, sondern nahm mit wahrer Katholizität des Geschmacks die Dinge, wie sie kamen, und wandte sich von einer anstrengenden Runde mit „Abteien und Äbten" ab, um mit Inbrunst in die Wildnis von „Abessinien" vorzudringen." Der Strohhalm, der als Lesezeichen diente, zeigte heute auf „Ameisen", und hätte Herr Opp das Thema mit der ganzen Begeisterung eines Entomologen angegangen. Aber selbst der am besten regulierte Geist schwänzt manchmal, und Mr. Opp hatte einen gewaltigen Sprung gewagt, sechshundertzweiunddreißig Seiten übersprungen und war leichtsinnig mitten in „Young Lochinvar" gelandet. Denn die Enzyklopädie hatte in ihrem lobenswerten Bestreben, nicht nur alle intellektuellen Anforderungen abzudecken, sondern auch die Krönung der Kultur hinzuzufügen, eine Gedichtsammlung unter dem Titel „Lieblinge, alt und neu" hinzugefügt.

Mr. Opp, so beflügelt vom Wind der Poesie, hatte in feiner Gedankenlosigkeit an seinem lauwarmen Kaffee getrunken und an seinem verbrannten Toast geknabbert, bis er auf eine Auswahl stieß, die seine Seele wiedererkannte. Er hatte Worte für die Musik gefunden, die in seinem Herzen klang. Dann legte er das Buch aufgeschlagen vor sich hin und beschloss, es nicht zu schließen, bis er sich die Zeilen zu eigen gemacht hatte.

Später, als er die Straße in die Stadt entlangtrottete, wiederholte er die Verse für sich selbst und bezog sich immer wieder geduldig auf das Notizbuch, in das er die ersten Wörter jeder Zeile geschrieben hatte.

An der Bürotür stieg er bedauernd von Pegasus ab und wandte seine Aufmerksamkeit entschlossen dem Tagesgeschäft zu. Sein Wunsch war es, die Arbeit der Woche bis Mittag zu erledigen, den Nachmittag zu Hause zu verbringen, um sich auf den kommenden Gast vorzubereiten, und den nächsten Tag, den Samstag, frei zu haben, um sich den Interessen der Ölgesellschaft zu widmen.

Um dies zu erreichen, war eine Expedition erforderlich, und Herr Opp, der von der Natur großzügiger mit Energie ausgestattet war als mit jeder anderen Eigenschaft, machte sich mit großem Willen an die Arbeit. Sein Eifer behinderte jedoch seinen Fortschritt und er befand sich in der peinlichen Situation einer zu hoch übersetzten Maschine.

Außerdem war er von den ungewöhnlichen Leistungen des Vortages etwas angeschlagen und steif, und jede plötzliche Bewegung ließ ihn zusammenzucken. Aber der Schmerz rief die Erinnerung hervor, und die Erinnerung war sofort Balsam.

Es war kaum zu erwarten, dass die Dinge von ihrer üblichen Gewohnheit, sich zu einem kritischen Zeitpunkt einzumischen, abweichen würden, daher war Herr Opp nicht überrascht, als Nick zu spät kam und angesprochen werden musste, eine Aufgabe, die der Redakteur immer erfüllte mit großer Mühe. Dann bekam die Druckerpresse einen akuten Verdauungsbeschwerdenanfall, und kaum war das gelindert, als die entsetzliche Entdeckung gemacht wurde, dass sich in der Typenschublade keine guten „S" mehr befanden.

„Verwenden Sie Dollar-Marken für die nächste Ausgabe", wies Herr Opp an, „und ich telegrafiere umgehend an die Stadt."

„Auch bei ‚Ich' sind wir etwas zu kurz", sagte Nick. „Sie nehmen so viele in Ihren Artikeln auf."

Herr Opp sah verletzt aus. „Ich beginne sehr selten oder nie mit einem ‚Ich'", sagte er empört.

„Irgendwie kriegst du sie rein", sagte Nick. „Der Redakteur bei Coreyville sagte sogar ‚Unsere Frau'."

„Ja", sagte Herr Opp, „das werde ich auch – das heißt – ähm –"

Die Telefonklingel verdeckte seinen Rückzug.

"Hallo!" Er antwortete mit tiefer, prägnanter Stimme, um die Auswirkungen seiner jüngsten Verlegenheit auszugleichen: „Büro von ‚The Opp Eagle‘.“ Herr Toddlinger? Jawohl. Sie sagen, Sie möchten, dass Ihr Abonnement gekündigt wird! Nun, warte mal einen Moment – siehe hier, das kann ich erklären –“, aber der Gesprächspartner hatte offensichtlich aufgelegt.

Mr. Opp wandte sich voller Verzweiflung an Nick:

„Weißt du, was du letzte Woche gemacht hast?“ Er stand auf, ging zur Akte und konsultierte das oberste Papier. „Da ist es“, sagte er, „genau dasselbe wie das, was er behauptet hat.“

Nick folgte dem anklagenden Finger und las:

"Herr. und Frau Toddlinger ist diese Woche in ihr neues Pferd und Grundstück eingezogen.“

Bevor Erklärungen abgegeben werden konnten, klopfte es an der Tür. Als man antwortete, entdeckte man einen sehr kleinen schwarzen Jungen, der auf der Stufe stand. Er trug ein rotes Hemd und eine zerlumpte Hose, zwischen denen ein gespanntes bestand, und auf seinem Kopf befand sich die Krempe eines Hutes, von dem die Krone schon lange verschwunden war. An einer Schnur um seinen Hals hing eine große Zwiebel.

Er nahm sofort Verhandlungen auf.

„Das alte Fräulein sagt, ich bitte Sie alle, damit aufzuhören, die Papiere zu verunglimpfen und so etwas wie Müll aus dem Fenster zu holen; Sie explodieren in unserem Garten.

Er überbrachte die Botschaft im gleichen kriegerischen Geist, mit dem sie ihm offenbar überbracht worden war, und verdrehte die Augen, als ob es sich um ein persönliches Vergehen gegen Mr. Opp handelte.

Mr. Opp zog ihn herein und schloss die Tür. „Hat – ähm – hat Mrs. Gusty Sie rübergeschickt, um das zu sagen?“ fragte er besorgt.

„Ja, Sir; Sie hatte einen Wahnsinnszauber. Was ist da für eine Maschine?“

„Es ist eine Druckmaschine. Glaubst du, dass Mrs. Gusty sauer auf mich ist?“

„ *Ja, Sir* “, mit Nachdruck; „Sie ist sauer auf jeden. Sie sagt, sie würde mich lecken, wenn ich es nicht verstehe. Sie hat die Küche so , dass sie im Freien sehr gut aussieht.“

„Ich glaube nicht, dass sie dich wirklich auspeitschen würde“, sagte Herr Opp, der bereits die familiäre Verantwortung spürte.

„Nein, Sir; Sie ist so tief, dass sie schreit. Was ist in den kleinen Schubladen?"

„Typ", sagte Herr Opp. „Gehen Sie zurück und sagen Sie Mrs. Gusty, dass Mr. Opp sagt, es täte ihm sehr leid, ihr Unannehmlichkeiten bereitet zu haben, und er wird sie sofort vorbeischicken und die Papiere abholen."

„Du bist auch freundlicher von ihr, nicht wahr?" grinste der Botschafter und hielt einen nackten, schwarzen Fuß an den Herd. „Meine Mama, sie schlägt zurück, aber ich renne."

„Nun, Sie sollten jetzt besser laufen", sagte Mr. Opp, dem diese Einsicht missfiel; „Aber sehen Sie hier, wofür ist diese Zwiebel?"

„Um Krankheiten zu absorbieren", sagte der Jugendliche mit der Miene von jemandem, der eine fortgeschrittene Theorie in der Therapie verkündet; „Hit Ketsch, es ist hart von dir. Mein Vater trug fast ein ganzes Jahr lang einen Onion Fer Put, und ein Hit hat alle Krankheiten aufgesaugt, in der Nähe waren, und kaum einer hat ihn nie gelehrt. Und eines Tages bekam mein Papa Hunger, und er hatte da eine Zwiebel, und was meinst du? Er ist aufgestanden und gestorben!"

„Nun, jetzt machen Sie weiter", sagte Mr. Opp, „und erzählen Sie Mrs. Gusty ganz genau und wörtlich, was ich Ihnen gesagt habe." Wie sagten Sie, war Ihr Name?"

„Val", sagte der Junge.

Mr. Opp schaffte es, der schmutzigen kleinen Hand einen Nickel zuzustecken, ohne dass Nick ihn sah. Nick war in diesen Dingen ziemlich entschieden und missbilligte Mr. Opps wahllose Wohltätigkeit aufs Schärfste.

„Gib mir eins und ich sage dir, was der Rest ist", flüsterte Val auf der Türschwelle.

Herr Opp kam dieser Bitte nach.

„Valentine Day Johnson", verkündete er stolz; Dann steckte er seine Beute ein und verschwand um die Ecke des Hauses, wobei er angesichts seines plötzlichen Reichtums sein Amt als Bevollmächtigter vergaß.

Im Büro herrschte wieder Ruhe, und Herr Opp war in einen Artikel über „Das größte Erdölprojekt südlich der Mason- und Dixon-Linie" vertieft, als ein unheilvolles, keuchendes Husten die Ankunft von Herrn Tucker ankündigte. Dies war eine unerwartete Katastrophe, denn Mr. Tucker verbrachte den Vormittag am Samstag im Büro, als er hereinkam, um seine Zeitung zu bezahlen. Es schien eher ein unfreundlicher Trick des Schicksals zu sein, dass man ihn einen Tag zu früh hätte ankommen lassen.

Der alte Herr stellte einen Stuhl an den Herd und zog dann absichtlich seinen Mantel und seine Handschuhe aus.

Als er jedoch seine Überschuhe auszog, tauschten Mr. Opp und Nick einen verzweifelten Blick. Sie verfügten über einen Signalcode, den sie gewöhnlich nutzten, wenn Stürme über das Büro hinwegfegten, aber in einer Windstille wie dieser waren sie machtlos.

„Es tut mir sehr leid, von diesem Aufstand in Guatemala zu hören", sagte Herr Tucker, der sich lebhaft für auswärtige Angelegenheiten interessierte, gegenüber Fragen im Inland jedoch recht neutral blieb.

im Büro , da er aus Erfahrung wusste, dass es tödlich war, sich in die Gegenwart von Mr. Tucker zu setzen. Die einzige Fluchtmöglichkeit lag in der Bewegung. Er spitzte seine Bleistifte, rückte seinen Schreibtisch zurecht und verschnürte zwei Bündel Papiere, während Mr. Tucker seine Ansprache über die wahrscheinliche Zukunft der zentralamerikanischen Republiken fortsetzte. Dann wurde Herr Opp zu extremen Maßnahmen getrieben. Er schickte sich selbst ein Telegramm. Auf diese List wurde gelegentlich zurückgegriffen, um das Büro von unwillkommenen Besuchern zu befreien, ohne sie zu beleidigen, und erzeugte nebenbei eine Wirkung, die für den Herausgeber nicht unangenehm war.

Mr. Opp kritzelte eine Nachricht auf einen Telegrafenbrief, den Mr. Gallop zu diesem Zweck besorgt hatte, und reichte ihn heimlich an Nick weiter, der seinerseits durch die Hintertür verschwand, nur um an der Vorderseite wieder aufzutauchen. Dann öffnete der Herausgeber mit großem Prunk den Umschlag und erklärte, nachdem er den Inhalt gelesen hatte, dass er ein Geschäft habe, das sofortiges Handeln erforderte. Würde Mr. Tucker ihn entschuldigen? Wenn ja, würde Nick seinen Mantel halten.

„Aber", protestierte Herr Tucker und widerstand dem Versuch, ihn zum Anziehen seines Mantels zu zwingen, „ich möchte über dieses Ölgeschäft reden." Mit diesen Kerlen wollen wir kein Risiko eingehen. Wie ich gerade zu Herrn Hager sagte –"

„Ja", sagte Mr. Opp und nahm offenbar in großer Eile seinen eigenen Hut vom Nagel, „das weiß ich natürlich." Da hast Du genau recht. Wir besprechen es einfach, während wir die Straße hinaufgehen", und er hakte sich bei Mr. Tucker ein und steuerte ihn den schlammigen Kanal der Main Street hinauf und sicher in den Hafen unseres Hotels, wo er ihn atemlos ankerte. aber zufrieden.

Nachdem Herr Opp seine Geschäfte für die Woche so gut wie möglich erledigt hatte, wandte er seine Aufmerksamkeit seinen noch beschwerlicheren häuslichen Angelegenheiten zu. Die Speisekarte für das Abendessen des Gastes hatte ihn den ganzen Tag ziemlich schwer belastet, da er noch nie zuvor in seinem eigenen Zuhause Gäste bewirtet hatte. Sein Herz hatte sich für die Türkei entschieden; Da dies jedoch nicht in Frage kam, entschied er sich für eine Gans und hartnäckig an der Preiselbeersoße fest.

Es war einfacher, sich für die Gans zu entscheiden, als sie zu beschaffen, und die Suche nahm einige Zeit in Anspruch. Herr Opp setzte all seine mentalen Kräfte auf das Thema ein und ging das Problem mit einem Eifer an, der Erfolg verdiente.

Als er mittags mit einem Arm voller Bündel nach Hause kam, empfing ihn Tante Tish mit Wehklagen.

„Es gibt nicht nur ein sauberes Tischtuch, und der Kerl hat ein Loch darin, und ich kann keine Laken finden, die ich auf den Tisch legen könnte, und es sind nicht drei Tassen und Untertassen drin beherbergen, was ihnen selbst gehört. Ich weiß nicht, was Sie davon halten, Mr. D., in eine andere Firma zu gehen. Wir alle machen nie Gesellschaft. Und Miss Kippy hat auch einen Zauberspruch, weint vor sich hin und will mir nicht sagen, was los ist.

Mr. Opp schüttelte die Regentropfen von der Hutkrempe und legte die Gans liebevoll auf den Tisch. Dann trat er durch die Esszimmertür hinein und beobachtete die Gestalt, die auf dem Boden vor dem Feuer saß. Sie steckte künstliche Blumen auf ihren Kopf und jedes Mal, wenn sie abfielen, ließ sie ihren Kopf auf die Knie fallen und schluchzte leise vor sich hin. Immer wieder machte sie das Experiment, und immer wieder fielen ihr die verblühten Rosen in den Schoß.

„Ich werde sie reparieren", sagte Mr. Opp und trat hinter sie; „Weine nicht deswegen, Kippy; Ich kann dafür sorgen, dass sie bleiben, ganz einfach." Er suchte in der Kleiderpresse herum, bis er eine Pappschachtel fand, die er Fräulein Kippy fest um den Kopf band.

„Jetzt versuchen Sie es", rief er; „Setze die Blumen auf deinen Kopf; sie werden bleiben."

Schüchtern, als hätte sie Angst vor einer weiteren Enttäuschung, versuchte sie es, und als die Blumen in der Schachtel gefangen waren, seufzte sie zufrieden und erfreut.

„Nun ja, ich bin der Kirche beigetreten!" rief Tante Tish, die das Geschehen von der Tür aus beobachtet hatte; Dann fügte sie hinzu, als Mr. Opp die Halle betrat: „Die Art und Weise, wie Sie damit umgehen, übertrifft meine Zeit." Manchmal hatte sie so viel Verstand wie du und ich. Sie hat mich neulich gefragt, ob sie nicht verrückt sei. Ich habe wirklich keine Ahnung, dass dieser Verrückte in einer Irrenanstalt eingesperrt war. Und sie sagt: „Wo?" „Oben in Coreyville", sage ich. Sie spielte weiterhin so nett und glücklich. De Chile ist in Ordnung, wenn sie nicht auf eine blöde Idee kommt. Dann kann niemand bis auf dich herausfinden, was sie will. Sie hat seit dem Frühstück wegen der Blumen geweint."

„Warum bist du nicht hinter mir her?" forderte Herr Opp.

„Jes soll ihr eine Schachtel um den Kopf binden?" fragte Tante Tish. „Herrgott, ich dachte, du wärst damit beschäftigt, diese Zeitungen zu machen."

„Das bin ich", sagte Mr. Opp, „aber wann immer Miss Kippy zu weinen beginnt, möchte ich, dass Sie mir direkt folgen, verstehen Sie? Es gibt nichts Wichtigeres, als sie davon abzuhalten, sich Sorgen zu machen. Schauen wir uns jetzt die Tischdecke an."

Den ganzen Nachmittag über stieß Herr Opp auf Schwierigkeiten, die einen weniger mutigen Gastgeber entmutigt hätten. Mit den begrenzten -Mitteln schien es unmöglich, auf eine Art und Weise zu unterhalten, die der Würde des Herausgebers von „The Opp Eagle" würdig wäre. Aber Mr. Opp war zwar zutiefst ratlos, aber nicht deprimiert, denn unter der aufgewühlten Oberfläche seiner Gedanken verströmte eine Unterströmung purer Freude. Es verursachte, dass er in seiner Kehle seltsame, unnatürliche Geräusche von sich gab, die er für einen Gesang hielt; es ließ ihn von Zeit zu Zeit in seiner Arbeit innehalten, um zärtlich und nachdenklich auf die Handfläche seiner rechten Hand zu blicken, und einmal ging er sogar so weit, sie sanft mit seinen Lippen zu berühren. Denn seit die letzte Sonne untergegangen war, hatte es für ihn keinen wachen Moment gegeben, sondern das Bild einer goldenen Welt, die nur von einem Paar leuchtender Augen, einer kleinen Hand und, das muss hinzugefügt werden, einer Bandschachtel bewohnt wurde.

Während des geschäftigen Nachmittags blickte Herr Opp ständig auf seine Wache und sehnte sich trotz der vielfältigen Aufgaben, die zu erledigen waren, ungeduldig auf den Abend. Um fünf Uhr hatte er die Möbel von einem Schlafzimmer ins andere gebracht, zweifelsfrei bewiesen, man im Kamin des Wohnzimmers kein Feuer machen konnte, ohne dass der Schornstein rauchte, reparierte zwei Stühle und hängte ein Paar Vorhänge auf und machte drei Besorgungen in die Stadt. So viel geschafft, dass er seine Aufmerksamkeit der schwierigsten Aufgabe von allen zuwandte.

„Kippy", sagte er und ging zum Fenster, wo sie genüsslich den Lauf der Regentropfen verfolgte, die an der Scheibe herunterjagten. „Warte mal kurz, Kippy. Hören; Ich möchte mit dir reden."

Fräulein Kippy drehte sich gehorsam um, aber ihre Lippen setzten das dumme Gespräch fort, das sie mit dem Regen führte.

„Wie würde es Ihnen gefallen", sagte Mr. Opp und näherte sich dem Thema vorsichtig, „so zu spielen, als wären Sie eine erwachsene Dame – nur für heute Abend, wissen Sie?"

Miss Kippy sah ihn misstrauisch an und ihre Lippen hörten auf, sich zu bewegen. Bisher hatte sie sich allen Versuchen widersetzt, ihre Kleidung zu ändern.

„Da kommt ein Herr", fuhr Herr Opp überzeugend fort; „Er wird bis morgen hier bleiben, und Tish kocht die große Gans für ihn, und ich habe das Gästezimmer hergerichtet. Wir alle sind bestrebt, ihm eine schöne Zeit zu bereiten. Willst du dich nicht für ihn verkleiden?"

„Wird es ihn glücklich machen?" fragte Fräulein Kippy.

Mr. Opp revanchierte sich für die Freude, die es dem unbekannten Gast bereiten würde, Kippy in dem blauen Merinokleid zu sehen, das Tante Tish oben aus Mrs. Opps altem Koffer geholt hatte.

„Und du lässt Tante Tish deine Haare wie eine Dame frisieren?" fuhr Mr. Opp fort und brachte es auf den Punkt.

„Ja", sagte Miss Kippy nach einem Moment, „Oxety wird es tun. Sie wird ihn glücklich machen."

"Gut!" sagte Herr Opp. „Und wenn du nett und ruhig da sitzt und das ganze Abendessen über kein Wort sagst, besorge ich dir ein Buch mit Bildern darin, die Blumen und andere Dinge darstellen."

„Rosen?" fragte Miss Kippy und atmete vor Freude kurz auf; und als Herr Opp nickte, schloss sie die Augen und als wäre der Himmel in Sichtweite. Denn Miss Kippy war wie eine Harfe, über die eine grobe Hand gefegt war und die alle Saiten bis auf zwei gerissen hatte, die hohe der Ekstase und die tiefe der Verzweiflung.

Um sechs Uhr ging Herr Opp hinauf, um seine Toilette zu machen. Der Regen, der den ganzen Tag über nur geprobt hatte, spielte jetzt regelmäßig, spielte an den Fenstern und tröpfelte durch die Dachrinnen, während die alte Zeder an der Ecke der Veranda kratzte unten. Aber Herr Opp ließ sich nicht entmutigen und zog seine tapferste Kleidung an. Wirbelstürme und Tornados hätten ihn nicht davon abhalten können, die aufwändigste Toilette zu bauen, die ihm zur Verfügung stand. Allerdings schlug er den Saum seiner Hose hoch und band ein Stück Wachstuch fest um jedes Bein, und er breitete auch zärtlich ein Taschentuch über seine rosa Krawatte aus; aber diese konnten leicht entfernt werden, nachdem er das Pfeifen des Bootes hörte.

Er kleidete sich im Schein einer flackernden Kerze vor einem kleinen Spiegel, dessen Echtheit mehr als fraglich war. Es präsentierte ihn als einen Menschen mit einem breiten, flachen Gesicht, dessen Nase direkt zwischen seinen Augen erschien und dessen Mund auf einer Linie mit der Oberseite seiner Ohren lag. Aber er berücksichtigte diese Eigenheiten des Spiegels; Tatsächlich machte er so großzügige Zugeständnisse, dass er mit der Reflexion durchaus zufrieden war.

„Ich werde den Hack besorgen, um die Firma wieder in Gang zu bringen", sagte er ziemlich nervös zu Tante Tish, als er durch die Küche ging. „Sie helfen Miss Kippy bei der Organisation, und ich werde die Kohle hochtragen und den Tisch decken, wenn ich nach Hause zurückkomme. Ich kann es tun, während die Firma in seinem Zimmer ist."

Auf dem ganzen Weg in die Stadt, während er die schlammige Straße entlang planschte, fürchtete er abwechselnd die Ankunft eines Passagiers und erwartete freudig die Ankunft eines anderen. Denn als die Zeit näher rückte, nahm die drohende Präsenz des Unternehmens bedrohliche Formen an, und Herr Opp wurde besorgt.

Am Treppenabsatz fand er alles und still. Offensichtlich kam das Paket ungewöhnlich spät, und das Komitee, das damit beauftragt war, es abzuholen und die Gäste zu ihren verschiedenen Zielen zu bringen, wartete irgendwo in der Innenstadt, wahrscheinlich in Ihrem Hotel. Mr. Opp hielt unschlüssig inne: Seine Seele sehnte sich nach Einsamkeit, aber der regennasse Hafen bot keinen Schutz außer dem leichten Schutz, den ein Stapel leerer Kisten bot. Er wählte das trockenste und größte davon aus, drehte es um und gelangte durch eine geschickte Bewegung seiner Beine hinein.

Unten rollte der Fluss in der Dämmerung heftig vorbei und ließ winzige Wasserfontänen aufsteigen, um dem prasselnden Regen entgegenzuwirken. Ein kalter, durchdringender Nebel hing am Boden, und der Wind trug klagende Geschichten von der Erde in den Himmel. Alles atmete Unbehagen, aber Mr. Opp wusste es nicht.

Seine Seele segelte auf sonnenbeschienenen Meeren der Glückseligkeit, endlich völlig eingetaucht in die magischste und unsterblichste aller Illusionen. Er saß verkrampft und gefühllos in seinem engen Quartier und spähte gespannt in die Dunkelheit und wartete darauf, dass die ersten Lichter des sonnigen *Südens* die Dunkelheit funkelten. Und während er zusah, sang er in singender Ekstase:

> „Sie kommt, meine eigene, meine Süße;
>
> Wäre es jemals so luftig gewesen,
>
> Mein Herz würde sie hören und schlagen,

Wäre es Erde in einem erdigen
Bett?

Mein Staub würde sie hören und
schlagen,

Hätte ich ein Jahrhundert tot
gelegen;

Würde aufschrecken und unter
ihren Füßen zittern,

Und erblühe in Purpur und Rot.“

X

Als Miss Guinevere Gusty AM SPÄTEN NACHMITTAG über die Landungsbrücke des *Sunny South stolperte* und vergeblich versuchte, sich vor dem strömenden Regen zu schützen, traf sie auf halbem Weg auf den tapferen alten Kapitän.

Der Überlieferung nach hatte der Kapitän einst ein wohlwollendes Auge auf ihre Mutter geworfen; aber Mrs. Gusty blickte schielend und hatte sich woanders umgesehen.

„Wir sind ein Pudding ohne Pflaumen", verkündete er fröhlich, während er den Regenschirm in einem Winkel hielt, der so groß war, dass Wasser in ihren Hut spritzte – „keine Dame an Bord." Alles, was wir brauchten, war ein wunderschöner junger Mensch wie Sie, der uns belebte. Du hast die schönen Lieder, die du mir letzte Reise vorgespielt hast, doch nicht vergessen, oder?"

Guinevere lachte und schüttelte den Kopf. „Das war nur für dich und die Mädchen", sagte sie.

„Nun, dieses Mal wird es für mich und die Jungs sein. Ich habe übrigens eine ganze Reihe netter Herren an Bord, die zu Ihnen kommen, um alle Ihre Ölländereien aufzukaufen. Jetzt weiß ich, dass du für uns spielen wirst, wenn ich dich darum bitte."

"Meine Güte! sind sie auf diesem Boot?" fragte Guinevere flatternd. "Ich bin so froh; Ich liebe es einfach, Stadtmenschen zuzusehen."

„Ja", sagte der Kapitän; „Das war Mr. Mathews, der mit mir gesprochen hat, als Sie an Bord kamen – der mit dem weißen Bart. Alles, was der Mensch anfasst, verwandelt sich in Geld. Der düster aussehende junge Kerl da drüben ist seine Sekretärin. Hinton ist sein Name; neugieriger Typ."

Guinevere folgte seinem Blick mit gespanntem Interesse. „Der ernste mit der Mütze über den Augen?" Sie fragte.

Der Kapitän nickte. „Alle anderen sind drinnen, spielen Karten und haben eine gute Zeit; Aber seit sie an Bord sind, hat er so herumgewischt Ich muss jetzt nach unten gehen, aber wenn ich zurückkomme, spielst du mir etwas vor, nicht wahr?"

Guinevere protestierte heftig, aber etwas in ihr flüsterte, dass sie, wenn der Kapitän sehr darauf bestand, die Auswahl treffen würde, die ihr beim letzten Wettkampf eine Goldmedaille eingebracht hatte.

Sie schlüpfte in den Salon, ließ sich leise auf einen der sehr dicken Stühle fallen, die auf Dampfschiffen besonders beliebt sind, und widmete sich unbemerkt dem vollen Genuss des Anlasses. Die Reise von Coreyville zur

Bucht in Anwesenheit der angesehenen Fremden hatte den Charakter eines Abenteuers angenommen. Ohne sich zu entschuldigen, ließ Miss Gusty ihrer Fantasie freien Lauf und entführte die gewöhnliche Gruppe von Geschäftsleuten am Kartentisch in die wildesten Gefilde der Romantik. Die Tatsache, dass ihre Sprache, ihr Aussehen und ihr Verhalten von der Stadt sprachen, war für sie ein ausreichender Anker, an dem sie unzählige Vermutungen anbringen konnte. Sie war so in ihre Spekulationen vertieft dass sie nicht hörte, wie der Kapitän hinter ihr auftauchte.

"Wo hast du dich versteckt?" fragte er in lautstarkem Tonfall. „Ich hatte Angst, du wärst an Deck geraten und der Wind hätte dich über Bord geblasen. Glaubst du nicht, es ist an der Zeit für diese kleine Melodie? Wir sind jetzt vierzig Minuten zu spät und verlieren eine weitere halbe Stunde, indem wir in Smither's Landing Fracht übernehmen. Ich habe darauf gehofft, das kleine Tanzstück zu hören, das du mir zuvor vorgespielt hast.“

„Ich kann nicht vor ihnen spielen“, sagte Guinevere nervös.

Der Kapitän lachte. "Ja, du kannst; es wird ihnen gefallen. Mr. Mathews hat etwas sehr Hübsches über Sie gesagt, als Sie an Bord kamen.“

„Das hat er nicht – ehrlich?“ sagte Guinevere und errötete. „Oh, wirklich, Kapitän, ich kann nicht spielen!“ Doch noch während sie sprach, knöpfte sie ihre Handschuhe auf. Ihre Leistung verlangte nach einer Ausstellung, und obwohl ihr der Mut im Stich ließ, drehte sie den Klavierhocker herum und nahm ihren Platz ein.

Die Gruppe der Männer am Tisch, der die Vorgänge bisher gleichgültig gegenüberstanden, blickte auf, als ein donnernder Akkord die Stille durchbrach. Ein zurückhaltendes junges Mädchen mit sanften, braunen Augen machte einen wütenden und scheinbar ungerechtfertigten Angriff auf das Klavier. Ihr einziger Wunsch bestand offensichtlich darin, in das Innere des Instruments einzudringen. Mit eindringlicher Beharrlichkeit versuchte sie, durch den Diskant einzudringen, und da sie dazu nicht in der Lage war, fiel sie auf den Bass und verschoss dort ein paar Schuss Munition. Da der Angriff auf beiden Flanken erfolglos blieb, griff sie auf Strategie zurück, kreuzte die Hände und griff jeden Flügel des Feindes von einer unerwarteten Seite an. Als dieser Schachzug scheiterte, geriet sie offensichtlich in Zorn, ließ die Diplomatie beiseite und sammelte alle Kräfte, stürmte ihre Artillerie bis zum höchsten Ton, donnerte dann bis zum tiefsten Ton und schlug die Tasten so schnell nieder, wie sie sich zu erheben wagten. Mitten im Gemetzel, als der Lärm seinen Höhepunkt erreichte und der Sieg unmittelbar bevorzustehen schien, hielt sie inne, hielt eine Hand in der Luft und neigte sanft den Kopf, erhob sich, zwei silberne Signalhorntöne des Waffenstillstands ertönend die Belagerung.

Die entsetzliche Stille, die darauf folgte, hätte über einem Schlachtfeld voller Gefallener und Verwundeter schweben können. Der Kapitän biss sich in den Schnurrbart.

„Das war nicht genau das, was ich meinte", sagte er. „Ich möchte diese kleine Tanzmelodie mit dem dazugehörigen Jingle."

Miss Gusty, enttäuscht und überrascht über die Wirkung, die ihr Meisterwerk nicht hervorgerufen hatte, bestand mit geröteten Wangen darauf, dass sie nicht mehr spielen könne, als der Herr, der Mr. Mathews genannt wurde, vom Tisch aufstand und auf sie zukam. Sein Haar und sein Spitzbart waren weiß, aber seine Augen waren noch jung und er sah sie an, während er mit dem Kapitän sprach.

„Ich bitte um Verzeihung, Kapitän", sagte er mit sanfter, gleichmäßiger Stimme, „können Sie die junge Dame nicht überreden, etwas für uns zu singen?"

„Ich habe nie gesungen", sagte Guinevere sah ihn offen an. „Ich habe mich auf Instrumentalmusik spezialisiert."

Der Herr blickte seine Gefährten von der Seite an und strich sich ernst über den Bart. „Aber du *singst doch* ?" er blieb hartnäckig.

„Nur populäre Musik", sagte Guinevere. „Ich wollte letztes Jahr ‚The Holy City' und ‚The Rosary' nehmen, aber der Gesangslehrer wurde krank."

Als Reaktion auf eine sehr dringende Einladung nahm sie wieder Platz und sang dieses Mal ein sentimentales Liedchen über die Angelegenheiten einer „Fröhlichen kleinen Milly im Monat Mai".

Diese Auswahl fand sofort Anklang, und die Männer ließen ihre Karten liegen, versammelten sich um das Klavier und forderten eine Zugabe.

Miss Guineveres Stimme war sehr leise und ihre Begleitung sehr laut, aber in ihrem Bemühen, zu gefallen, wurde ihr Gesichtsausdruck unbewusst dramatisch, sie runzelte die Stirn, lächelte und hob ihre Brauen aus Mitleid mit den Gefühlen des Mädchens in dem Lied. Da Fräulein Guineveres Augen ausdrucksstark und ihre Lippen sehr rot waren erwies sich das Ergebnis als äußerst zufriedenstellend für das Publikum.

Vor allem ein kräftiger junger Mann drückte seine Begeisterung so unbändig aus, dass Guinevere, nachdem er mehrere Lieder gesungen hatte, sichtlich in Verlegenheit geriet. Auf die Bitte hin, es sei ihr zu warm, machte sie sich auf den Weg und versprach halbwegs, später zurückzukehren und noch einmal zu singen.

Errötet von den Komplimenten und der Aufregung und ein wenig unsicher über die Richtigkeit des Ganzen, eilte sie durch die Schwingtür und stolperte, als sie sich plötzlich auf dem Deck umdrehte, über etwas in der Dunkelheit.

Es stellte sich heraus, dass es sich um ein Paar langer Beine handelte, die vor einer schweigenden Gestalt ausgestreckt waren, die eine Hand ausstreckte, um Miss Gusty wieder in eine aufrechte Position zu bringen. Aber das Deck war rutschig vom Regen, und bevor er sie einholen konnte, ging sie auf die Knie.

„Hat es dir wehgetan?" fragte eine Stimme besorgt.

„Das ist mir egal", antwortete Guinevere, „nur damit es mein neues Kleid nicht ruiniert." Ich fürchte, da ist eine schreckliche Träne drin."

„Ich hoffe nicht", sagte die Stimme. „Selbst im zweiten Grad würde ich mich ungern des Kleiderschlachtens schuldig machen. Sicher, dass du nicht verletzt bist? Setzen Sie sich eine Minute hin; Hier ist ein Stuhl direkt hinter dir, vor dem Wind."

Guinevere tastete nach dem Stuhl. „Mutter kann es reparieren", fuhr sie fort und brachte ihre Besorgnis zum Ausdruck, „wenn es nicht so schlimm ist."

„Und wenn ja?" fragte die Stimme.

„Ich werde es sowieso tragen müssen. Es ist brandneu, das erste, das ich jemals von einer echten Schneiderin anfertigen ließ."

„Meine abscheulichen Beine!" murmelte die Stimme.

Guinevere lachte und wurde plötzlich neugierig auf die Person, die zu den Beinen gehörte.

Er war in seine frühere Position zurückgefallen, mit ausgestreckten Füßen, den Händen in den und der Mütze über den Augen, und er schien nicht geneigt zu sein, das Gespräch fortzusetzen.

Sie atmete tief die kühle Luft ein und beobachtete, wie das große Seitenrad das schwarze Wasser in Schaum aufwirbelte und weiße Gischt in die Dunkelheit warf. Sie liebte es, draußen in der geschützten Ecke zu sein, den vorbeirauschenden Regen zu beobachten und den Wind zu hören, der den Fluss hinaufpfiff. Sie war auch froh, im Dunkeln zu tappen, weg von all den Herren, die so bereit waren, Komplimente zu machen. Doch der plötzliche Wechsel vom beheizten Salon zum kalten Deck ließ sie frösteln und sie nieste.

Ihr Begleiter bewegte sich. „Wenn du hier draußen bleiben willst, solltest du etwas um dich herum legen", sagte er gereizt.

„Mir ist nicht sehr kalt. Außerdem möchte ich nicht hineingehen. Ich möchte nicht, dass sie mich noch mehr zum Singen zwingen. Aber Mutter wird furchtbar provoziert sein, wenn ich eine Erkältung bekomme. Glaubst du, es ist zu feucht?"

„Da ist mein Mantel", sagte der Mann ; „Das kannst du um dich herum legen, wenn du willst."

Sie kämpfte sich in die weiten Ärmel hinein, und er machte keine Anstalten, ihr zu helfen.

„Du magst keine Musik, oder?" fragte sie naiv, als sie sich in ihrem Stuhl zurücklehnte.

„Na ja", sagte er langsam. „Ich würde sagen, das, was ich auf der Welt am wenigsten hasse, ist Musik."

„Warum bist du dann nicht reingekommen, um mich spielen zu hören?" fragte Guinevere, ermutigt durch die Dunkelheit.

„Oh, ich konnte es draußen hören", versicherte er ihr; „Außerdem habe ich ein paar defekte Lampen im Kopf. Das elektrische Licht tat meinen Augen weh."

Während er sprach, zündete er ein Streichholz an, um seine Pfeife wieder anzuzünden, und durch das Flackern erhaschte sie zum ersten Mal einen Blick auf sein Gesicht, ein langes, schlankes, sensibles Gesicht, grübelnd und unglücklich.

„Ich schätze, Sie sind Mr. Hinton", sagte sie wie zu sich selbst.

Er drehte sich mit dem brennenden Streichholz in der Hand um. "Wie hast du das gewusst?"

„Der Kapitän hat es mir gesagt. Er hat Sie und Mr. Mathews erwähnt, aber vom Rest hat er mir nichts erzählt."

„Ein Zweig Ihrer Ausbildung, der es sich leisten kann, vernachlässigt zu bleiben", sagte Mr. Hinton, während er an seiner Pfeife zog.

Die Tür des Salons schwang auf, und der pummelige Herr erschien im Licht, beschattete seine Augen und rief, dass sie alle auf den kleinen Kanarienvogel warteten.

„Ich will nicht gehen", flüsterte Guinevere und zog sich in den Schatten zurück.

Der pummelige Herr blickte das Deck auf und ab und zog sich dann, von einem Windstoß angegriffen, hastig zurück.

„Ich mag ihn nicht", verkündete Guinevere und atmete erleichtert auf. „Das liegt nicht nur daran, dass er fett und hässlich ist; Es ist die alberne Art, wie er dich ansieht."

„Wie schade, dass du es ihm nicht sagen kannst!" sagte ihr Begleiter trocken. „Eine solche Gotteslästerung könnte ihm gut tun. Er ist der Spross einer angesehenen Familie, die durch den glorreichen Verkauf von Schweinefleisch reich geworden ist."

„Sind alle Herren Millionäre?" fragte Guinevere ehrfürchtig.

„Vorbehaltlich der derzeitigen Gesellschaft", erklärte Hinton.

„Es wird ihnen unten in der Bucht schrecklich klein vorkommen. Wir haben in den beiden Hotels nicht genug Platz, um sie alle unterzubringen."

„Oh, du wohnst da, oder?"

"Ja; Ich war gerade oben in Coreyville und habe die Nacht verbracht. Früher habe ich es unten in der Bucht gehasst, es war so klein und dumm; aber mir gefällt es jetzt besser."

Es herrschte langes Schweigen, in dem jeder einen ganz anderen Gedankengang verfolgte.

„Wir haben jetzt eine Zeitung in der Bucht", verkündete Guinevere. „Es ist eine schrecklich schöne Zeitung, sie heißt ‚The Opp Eagle'."

„Opp?" wiederholte Hinton. „Oh ja, das war der Mann, mit dem ich angerufen habe. Was ist das überhaupt für ein Kerl?"

„Er ist furchtbar schlau", sagte Guinevere mit kribbelnden Wangen. „Nicht so viel , aber ein gutes Gehirn. Der Prediger sagt, er habe eine natürliche Sprachbegabung. Sie sollten einige seiner Leitartikel sehen."

„Er stellt sein Licht unter den Scheffel, nicht wahr?"

„Genau das ist es", sagte Guinevere, froh, auf das Thema näher eingehen zu können. „Wenn Mr. Opp an eine größere Stelle kommen und mehr Chancen bekommen könnte, hätte er viel mehr Show. Aber er wird Miss Kippy nicht verlassen. Sie ist seine Schwester, wissen Sie; Es gibt nur sie beide, und sie ist irgendwie verrückt und muss jemanden haben, der sich um sie kümmert. Mutter findet es einfach schrecklich, dass er sie nicht in eine Anstalt schickt, aber ich weiß, wie er sich fühlt."

„Ist er ein junger Mann?" fragte Herr Hinton.

„Nun – nein, nicht ganz; Er ist nur siebzehn Jahre und zwei Monate älter als ich."

„Oh", sagte Hinton umfassend.

durchging und Mr. Hinton die Asche aus seiner Pfeife klopfte.

„Ich denke, Mädchen scheinen viel älter zu sein, als sie sind, nicht wahr?" fragte sie plötzlich.

„Einige Mädchen", stimmte Hinton zu.

„Für wie alt würdest du mich halten?"

"Im Dunkeln?"

"Ja."

„Ungefähr zwölf."

„Oh, das ist nicht fair", sagte Guinevere. „Ich bin achtzehn und viele Leute halten mich für zwanzig."

„Dann können sie dich sehen", sagte Hinton.

Guinevere entschied, dass sie ihn nicht mochte. Sie lehnte sich in ihre Ecke zurück und versuchte, nicht zu reden. Aber dieser Weg hatte seinen Nachteil, denn als sie schwieg, schien er zu vergessen, dass sie da war.

Einmal ging er auf dem Deck auf und ab, und als er zurückkam, stand er lange Zeit da, über die Reling gebeugt, und blickte ins Wasser. Als er sich umdrehte, um sich zu setzen, hörte sie ihn vor sich hin murmeln:

> „… Dass kein Leben ewig lebt;
>
> Dass tote Männer niemals auferstehen;
>
> Das ist selbst der ermüdendste Fluss
>
> Der Wind weht irgendwo, wo das Meer sicher ist."

Guinevere wiederholte die Worte leise vor sich hin und fragte sich, was sie bedeuteten. Sie dachte immer noch an sie, als ihr in der Ferne ein schwaches rotes Licht sagte, dass sie sich der Bucht näherten. Sie streifte den schweren Mantel ab und begann, ihre Handschuhe anzuziehen.

"Hallo! wir kommen doch rein, oder?" fragte Hinton und schüttelte sich in eine aufrechte Position. „Ist das Cove City, wo sich das große rote Licht wie ein Korkenzieher ins Wasser bohrt?"

Sie gingen zum Bug des Bootes und sahen zu, wie es seinen Kurs änderte und auf das gegenüberliegende Ufer zusteuerte.

„Meinten Sie damit“, sagte Guinevere abwesend, „dass Sie wollten, dass alles so endet?“ Dass wir einfach ins Nichts hinausgehen, als ob der Fluss im Meer verloren geht?“

Hinton warf ihr einen überraschten Blick zu und entdeckte, dass sich unter der geschwungenen Krempe des roten Hutes ein ungewöhnlich nachdenkliches Gesicht befand. Die Tatsache, dass sie hübsch war, war für ihn weniger offensichtlich als die Tatsache, dass sie wehmütig war. Seine Stimmung reagierte empfindlich auf Moll-Akkorde.

„Ich schätze, Sie *sind* achtzehn“, sagte er und lächelte, und Guinevere lächelte zurück, und der pummelige Herr kam plötzlich auf sie zu, ging wieder hinein und schlug die Tür zu.

Die Lichter auf dem Treppenabsatz funkelten immer heller und plötzlich konnte man sehen, wie sich hier und da Gestalten bewegten. Der Dampfer, der bei jedem Radschlag brummte, wurde herumgefahren, und die Hilfsarbeiter drängten sich entlang der Reling, bereit, ihn festzumachen.

Guinevere und Hinton standen auf dem Oberdeck unter seinem Regenschirm und warteten.

Direkt unter ihnen auf dem Dock unternahm eine kleine, fantastische Gestalt verzweifelte Anstrengungen, ihre Aufmerksamkeit zu erregen. Trotz des Regens stand er unbedeckt da und schwenkte wie wild seinen Hut.

„Ist das jemand, den du kennst?“ fragte Hinton.

Guinevere, die die Lichter auf dem Wasser beobachtete, zuckte schuldbewusst zusammen.

"Wo?" Sie fragte.

„Runter rechts – dieser komische kleine Kerl im karierten Anzug.“

Guinevere schaute hin und wandte sich dann Hintons Augen zu, die vor Empörung groß waren. „Natürlich“, sagte sie; „Das ist Herr Opp.“

XI

Als Willard Hinton auf der Veranda Ihres Hotels stand und darauf wartete, dass sein Gastgeber für die Nacht nach ihm rief, befand er sich in jenem Zustand schwarzer Niedergeschlagenheit, der einen jungen Mann überkommt, wenn Ambition Fortune einen Heiratsantrag gemacht und dieser nachdrücklich abgelehnt hat . Sechs Jahre lang hatte er beharrlich und ununterbrochen auf ein bestimmtes Ziel hingearbeitet, tagsüber Büroarbeit und nachts kreative Arbeit geleistet und dabei von der Stenografie zur Langschrift und von Zahlenzahlen zu Redewendungen übergegangen. Denn der Weg, den Hintons Seele beschritt, war der Tintenweg, und an dessen Ende lag die Urheberschaft.

Hinton hatte sich selbst und seine Arbeit ernst genommen und eine Lehre mit hartem Studium und gewissenhafter . Tatsächlich war er so eifrig, dass er die zweite Phase seines großen Unternehmens mit einem brodelnden Gehirn, einer geübten Hand und einem Paar geschädigter Augen erreicht hatte, über die die Augenärzte den Kopf schüttelten und wenig Ermutigung boten.

Vier Monate lang hatte er bedingungslos Befehlen gehorcht, sich nur seiner regulären Arbeit gewidmet, mit vorbildlicher Regelmäßigkeit gegessen und geschlafen und seine gesamte Freizeit im Freien verbracht. Aber die Schäden, die in den langen Nächten, die den Musen gewidmet waren, entstanden waren, ließen sich nicht so leicht wiedergutmachen, und statt einer Besserung verschlechterten sich seine Augen rapide. Die Frage, ob er sein Amt behalten sollte, hatte sich von einer Frage von Monaten auf Wochen verlagert.

Als er auf der Veranda stand, konnte er das geschäftige Treiben in den begrenzten Räumen Ihres Hotels hören. Jimmy Fallows war in seinem Element. Als Barkeeper, Oberkellner und fröhlicher Vermieter spielte er in einem überfüllten Haus eine dreifache Rechnung. Gelegentlich öffnete er die Tür und forderte Hinton auf, hereinzukommen.

"Herr. Opp wird noch lange hier bleiben", sagte er immer. „Er erwartet dich, aber er musste vorbeikommen, um sein Mädchen nach Hause zu bringen. Steigen Sie besser ein und holen Sie sich einen Julep."

Aber Hinton, eingehüllt in die Düsternis seiner eigenen Gedanken, blieb lieber, wo er war. Schon jetzt schien er zur Dunkelheit zu gehören, etwas zu sein, das von seinen Mitmenschen getrennt war. Er schreckte vor Kameradschaft und Mitgefühl zurück, ebenso wie vor dem Licht. Er sehnte sich danach, wie ein krankes Tier in eine einsame Ecke zu kriechen und zu sterben. Wohin er sich auch drehte, das große Gespenst der Dunkelheit lauerte vor ihm auf. Zuerst hatte er gekämpft, dann war er philosophisch stehengeblieben, jetzt war er auf dem Rückzug. Immer wieder sagte er sich, dass er ihm wie ein Mann begegnen würde, und immer wieder wich er zurück, bereit, irgendwohin zu fliehen, anyhow.

„O Gott, wenn ich nicht so verdammt jung wäre!" schrie er vor sich hin und schlug sich mit der geballten Hand gegen die Stirn. „Mehr als die meines Lebens lebe ich noch, und das im Dunkeln!"

Das Rattern der Räder und das Erlöschen einer Ampel vor dem Hotel brachten ihn dazu, sich zusammenzureißen.

Der kleine Herr im karierten Anzug, den er am Kai gesehen hatte, schritt herein, ohne ihn zu sehen. Er hielt inne, bevor er die Tür öffnete, glättete seine spärlichen Locken und ordnete seine rosa Krawatte neu. Dann zog er das Kinn ein, streckte die Brust vor und trat mit einem sorgfältig vorbereiteten Willkommenslächeln ein.

Das Summen im Inneren nahm zu, und es dauerte einige Minuten, bis sich die Tür wieder öffnete und man Jimmy Fallows sagen hörte:

„Er ist irgendwo hier in der Nähe. Herr Hinton! Oh, hier bist du! Lassen Sie mich Sie mit Herrn Opp bekannt machen. Er wird dich für die Nacht zu sich nach Hause mitnehmen."

Kaum hatte sich Hintons Hand aus Mr. Opps herzlichem Griff gelöst, spürte er, wie sich der Arm dieses Herrn durch den seinen schob und wurde sich bewusst, dass er schnell die Stufen hinunter und zum Fahrzeug hinausgeführt wurde.

„Auf keinen Fall", sagte Mr. Opp mit Hintons Griff in der einen Hand und zwei Regenschirmen in der anderen, „hätte ich es mir erlaubt, zu spät zu kommen, es sei denn, Sie hätten es für absolut notwendig gehalten." Jetzt steigen Sie gleich ein; Nimm einfach die ganze Robe. Nein, der Griff kann genau hier zwischen meine Füße gehen. Wir vertrauen darauf, dass Sie das Wetter in keiner Weise als Synonym für den Zustand unseres Willkommensgefühls betrachten werden."

Herr Hinton bemerkte ziemlich kurz, dass ihm das Wetter auf die eine oder andere Weise egal sei.

„Das ist genau wie ich", fuhr Herr Opp fort. „Ich stamme aus einer sehr robusten und langlebigen Familie. Ich bezweifle, dass es für einen Mann meiner Größe eine bessere Verfassung im Land gibt. Du würdest es doch nicht besonders denken, wenn du mich ansiehst, oder?"

Hinton betrachtete die kleine, gebeugte und das spitze, blasse Gesicht und sagte ziemlich sarkastisch, dass er es nicht tun würde.

„Stark wie ein Ochse", erklärte Herr Opp.

Genau hier stolperte das Pferd und sie wurden heftig nach vorne geschleudert.

Herr Opp entschuldigte sich. „Gerade im Moment haben wir ein kleines Problem mit unseren Landstraßen. Wir haben das Thema letzte Woche in „The Opp Eagle" aufgegriffen. Die Regulierung all dieser Dinge braucht Zeit, aber wir kommen dorthin. Dieser Ölboom wird die Dinge revolutionieren. Ich bin fest davon überzeugt, dass wir vor einer großen Veränderung stehen. Es würde mich nicht im Geringsten überraschen, wenn diese Stadt zu einer der bedeutendsten Städte am Ohio River würde."

„Um ein würdiger Horst für deinen ‚Adler' zu sein?" schlug Hinton vor.

„„Der Opp-Adler"", korrigierte Herr Opp. „Ich weiß es nicht, denn Sie wissen, dass ich der alleinige Eigentümer und außerdem Herausgeber bin."

„Nein", sagte Hinton, „das wusste ich nicht. Wie kommt es, dass sich ein Mann mit solch einer die Zeit nehmen kann, sich mit Ölquellen zu beschäftigen?"

„Sie kennen mich nicht", sagte Herr Opp mit einem väterlichen Lächeln über seine eigenen Fähigkeiten. „Fördern und Organisieren ist für mich so selbstverständlich wie das Atmen der Atmosphäre. Ich arbeite mit einer Hand an diesem Plan, mit der anderen an der Town Improvement League und mit der anderen an „The Opp Eagle". Dann bin ich in gewisser Weise ein aktiver Odd Fellow, erster Kornettist im Unique Orchestra und Direktor der Bank. Und daneben", schloss Herr Opp etwas schüchtern, „gibt es die natürlichen persönlichen sozialen Ablenkungen, denen sich die meisten jungen Männer hingeben."

Inzwischen hatten sie das graue alte Haus am Flussufer erreicht, und Mr. Opp spannte das Pferd an und hielt die Laterne, während Hinton im Schlammmeer von einer steinigen Insel zur anderen schritt.

„Gehen Sie einfach direkt ins Esszimmer", sagte Herr Opp und öffnete die Tür. „Leider haben wir vorübergehend ein mit der Heizung im Melkstand. Wenn Sie einfach die Treppe hinaufgehen, zeige ich Ihnen das Gästezimmer. Passen Sie bitte auf Ihren Kopf auf!"

Mit Pomp und Würde wurde Mr. Hinton in seine Wohnung geführt und aufgefordert, jeden möglichen Wunsch, der ihm in den Sinn kam, kundzutun.

„Ich muss Sie eine Zeit lang verlassen", sagte Herr Opp, „um mich um die ordnungsgemäße Unterbringung des Pferdes zu kümmern." Wenn Sie einfach alles, was Sie sehen, als Ihr Eigentum betrachten und sich ganz wie zu Hause fühlen, komme ich in etwa zwanzig Minuten zu Ihnen."

Allein gelassen ging Hinton zur Kommode, um ein Papier um die Lampe zu heften, und dabei begegnete ihm im Spiegel ein lächelndes Gesicht. Das Gesicht war zweifellos seins, aber das Lächeln schien fast einem Fremden zu gehören, so lange war es her, seit er es gesehen hatte.

Er machte hastig eine Toilette und setzte sich mit dem Rücken zum Licht hin, um auf seine Einladung zum Abendessen zu warten. Der große, dürftig und spärlich eingerichtete Raum ein eindeutiger Beweis dafür, dass er speziell für sein Kommen hergerichtet worden war. Es gab keinen Bodenbelag, keine Bilder an der Wand; aber die Tapete hatte einen ausreichend dekorativen Charakter, um das Fehlen anderer Verzierungen zu rechtfertigen. Man könnte sagen, dass es sich um ein botanisches Papier handelte, denn Rosen, Lilien, Sonnenblumen und Gänseblümchen wuchsen in üppiger Fülle. Der Mann, der das Papier aufhängte, war offensichtlich ein wissenschaftlicher Verfechter, denn durch die Zuordnung der Streifen hatte er durch Kreuzveredelung Ergebnisse erzielt, die an ein Wunder grenzten.

Nachdem genügend Zeit verstrichen war, um ein halbes Dutzend Pferde unterzubringen, ging Hinton, dessen Appetit immer stärker wurde, in die Halle und begann die Stufen hinunterzusteigen. Auf halbem Weg hörte er das Krachen von Porzellan und sah seinen Gastgeber in Hemdsärmeln unter einem großen, mit Geschirr überfüllten Tablett taumeln.

Er machte einen hastigen Rückzug und ging leise die Stufen wieder hinauf, doch nicht bevor er eine mürrische Stimme vernahm:

„Nun, Herr D., wenn Sie noch nicht fertig sind, haben Sie zwei Teller und eine Teetasse kaputt gemacht!"

Hinton zog sich in sein Zimmer zurück, bis das Problem behoben war, und betrachtete noch einmal das Blumenpapier. Als er dort saß, knarrte die Tür leicht, und als er aufblickte, glaubte er, jemanden zu sehen, der ihn durch den Spalt beobachtete. Später hörte er deutlich das Rascheln von Kleidungsstücken, einen verstohlenen Schritt und das Schließen der Tür auf der anderen Seite des Flurs.

Endlich kam Mr. Opp etwas lautstark die Stufen hinauf, riss die Tür auf und forderte ihn auf, herunterzusteigen. Im Speisesaal unten war die Szene geradezu festlich. Alle Leuchter waren mit brennenden Kerzen gefüllt, über der Oberseite der Uhr hing eine amerikanische Flagge, und der kleine Schoner, der hinter dem Pendel hin und her schwankte, schien von der Entschlossenheit erfüllt zu sein, heute Abend irgendwohin zu gelangen, falls es nie wieder irgendwo ankommen sollte. Sogar die Eulen an beiden Enden des Kaminsimses wirkten gütig und schienen den Ehrengast willkommen zu heißen.

Aber es war der Esstisch, der den Mittelpunkt der Bühne bildete und der auch alles andere beherbergte. Das Abendessen wurde mit seiner Abfolge von Suppe, Fleisch, Salat und Dessert von großzügiger Gastfreundschaft präsentiert. Offensichtlich verlangte die Cove-Etikette, dass kein Quadratzentimeter der Tischdecke unbesetzt bleiben durfte.

Am Tisch saß mit bescheiden gefalteten Händen die groteskste Gestalt, die Hinton je gesehen hatte. Gekleidet in ein seltsames, altmodisches Gewand aus verblasstem blauem Stoff, mit sehr weitem Rock und fließenden Ärmeln, mit zu einem festen Knoten am Hinterkopf zusammengebundenen Haaren und einer Halskette aus Nussschalen um den Hals, eine seltsame kleine Dame saß da und beobachtete ihn mit geöffneten Lippen und großen, aufgeregten Augen.

„Wenn Sie einfach hier meiner Schwester gegenübersitzen“, sagte Herr Opp, ohne sich vorzustellen, „dann nehme ich wie üblich meinen gewohnten Platz an der Spitze des Gremiums ein.“

Es wurde alles mit großem Eklat durchgeführt, doch von Anfang waren beim Gastgeber unverkennbare Anzeichen von Nervosität zu erkennen. Er verließ den Tisch zweimal, bevor die Suppe abgenommen wurde, einmal, um die vergessenen Servietten zu holen, und einmal, um seine Schwester davon zu überzeugen, die Ofenkartoffeln nicht auf ihren Schoß zu legen.

Als der entscheidende Moment für das Kräftemessen zwischen ihm und der Gans kam, war er nicht in guter Verfassung. Es war sein erster Ringkampf mit einer Gans, und seine technischen Kenntnisse dieser Kunst bestanden in der dürftigen Tatsache, dass der strategische Punkt darin bestand, Herr über die Beine des Gegners zu werden. Darüber hinaus hatte das Geflügel von Natur aus den Vorteil extremer Glätte, ein Hilfsmittel, das die Gladiatoren früher erkannten und nutzten.

Mr. Opp, der nur über begrenzte Räumlichkeiten verfügte und sich seines kritischen Publikums bewusst war, nahm die Gelegenheit an und stürzte sich mit gespanntem Kinn und dem Licht der Eroberung in den Augen in den Kampf. Er drängte sich vorwärts und zog sich zurück, er gab Gas, er machte Gesichts- und Körperverzerrungen durch. Das Match wurde im „Catch Hold, First Down to Loss Style“ ausgetragen und die Siege schienen gleichmäßig verteilt. Schließlich gelang es Mr. Opp durch einen geschickten Schlag mit dem linken Bein, seinen Gegner zu werfen, aber leider warf er ihn zu weit.

Der Sieg war zwar brillant, aber nicht ohne Verluste. Die Gans nahm auf ihrem postmortalen Flug Rache, und die umgeworfenen Preiselbeeren hinterließen einen purpurroten Fleck auf dem weißen Tuch, was der Szene ein blutiges Aussehen verlieh.

Als die Ordnung wiederhergestellt war und Herr Opp wieder seinen Platz eingenommen hatte, erhob die kleine Dame im blauen Kleid, die während des jüngsten Konflikts still geblieben war, plötzlich ihre Stimme zu einem freudigen Gesang.

„Jetzt, Kippy", warnte Mr. Opp, legte eine zurückhaltende Hand auf ihren Arm und sah sie flehend an. Die kleine Dame wich in ihrem Stuhl zurück und ihre Augen füllten sich, als sie seine Hand fest mit ihren beiden umklammerte.

„Wie ich gerade bemerkte", fuhr Herr Opp stetig fort und versuchte sich so zu verhalten, als ob es für ihn ganz natürlich wäre, der linken Hand zu essen, „war der wahre Wert des Untergrundprodukts in diesem Land nur angemessen." offensichtlich gemacht, und jetzt, wo ihr Kapitalisten eingreift, um sie in die Hand zu nehmen, gibt es keine Möglichkeit, sich eine Vorstellung vom Endergebnis zu machen."

Hinton, bei dem keine Phase der Situation verloren gegangen war, kam Herrn Opp tapfer zu Hilfe. Er richtete sich auf, um dem Beispiel seines Gastgebers im Gespräch zu folgen; er war sich offenbar der vielen Unregelmäßigkeiten des Abendessens nicht bewusst. Tatsächlich war es eine der seltenen Gelegenheiten, bei denen Hinton sich die Mühe machte, sich anzustrengen. Etwas in dem trostlosen alten Zimmer mit seinem mutigen Versuch, aufzuheitern, in der schwachsinnigen kleinen Dame, die so übermenschliche Anstrengungen unternahm, gut zu sein, und vor allem in dem bombastischen, egoistischen, ignoranten Redakteur, der versuchte, den Schein zu wahren So schwere Widrigkeiten berührten das Beste und Tiefste, was in Hinton war, und hoben ihn aus sich heraus. Nach und nach übernahm er die Führung im Gespräch. Mit viel Fingerspitzengefühl er Herrn Opp die Notwendigkeit der Bewirtung ab und gab ihm Gelegenheit, sein Abendessen einzunehmen. Er erzählte Geschichten, die so einfach waren, dass sogar Miss Kippy die Hand ihres Bruders lockerte, um zuzuhören.

Als der Sonnenuntergang des Abendessens in Form eines Kürbiskuchens verschwunden war, zogen sich die Herren ans Feuer zurück.

„Rauchen Sie nicht?" fragte Hinton und hielt ein Streichholz an seine Pfeife.

„Na ja", sagte Herr Opp, „ich habe gelegentlich geraucht. Es ist erstaunlich, wie es Sie bei der Erstellung von Zeitungsartikeln unterstützt. Einer der großartigsten Leitartikel, die ich je geschrieben habe, war, als ich eine Zigarre im Mund hatte."

„Warum rauchst du dann nicht?"

Mr. Opp warf einen Blick über die Schulter auf Tante Tish, die mit Miss Kippys zweifelhafter Hilfe den Tisch abräumte.

„Es macht mir nichts aus, Ihnen zu sagen", sagte er vertraulich, „dass ich bis heute viele geschäftliche Rückschläge und erhebliche familiäre Verantwortung erlebt habe. Ich hoffe, dass ich sie jetzt in ein oder zwei Jahren kleinen Extras verwöhnen kann. Der Geldmangel", fügte er etwas stolz hinzu, „ist keine Schande; aber ich kann nicht leugnen, dass es das ist, was man als Einschränkung bezeichnen könnte."

Hinton lächelte. „Ich glaube, ich habe irgendwo eine Zigarre an mir. Hier ist es. Wirst du es versuchen?"

Mr. Opp war es egal, ob er es tat, und an der Art, wie er es anzündete, und an der Art, wie er dastand, mit einem Ellbogen auf dem hohen Kaminsims und anmutig gekreuzten Füßen, während er Lockenkränze blies Während er sich zur Decke bewegte, war es nicht schwer, das Ausmaß seiner Selbstverleugnung abzuschätzen.

„Haben Sie viel Freude am Lesen?" fragte er und sah Hinton durch die Rauchwolke an.

„Das habe ich", sagte Hinton und holte tief Luft.

„Es ist ein toller Zeitvertreib", sagte Herr Opp. „Ich frage mich, ob Ihnen dieser Band bekannt ist." Er nahm „Die Enzyklopädie des Wunders, der Schönheit und der Weisheit" aus dem Regal.

„Kaum eine Miniaturausgabe", sagte Hinton und nahm es mit beiden Händen entgegen.

„Sagen Sie, es ist eine bemerkenswerte Arbeit", sagte Herr Opp ernst; „Du solltest dir eins besorgen. Fakten im ersten Teil und die schönsten Gedichte, die Sie je gelesen haben, im Hintergrund: ein Dollar Anzahlung und fünfzig Cent pro Monat bis zur Bezahlung. Hier, lass mich es dir zeigen; Lies dasone."

„Ich kann es nicht sehen", sagte Hinton.

„Ich hole die Lampe."

„Macht nichts, Opp; das ist es nicht. Du hast es mir vorgelesen."

Herr Opp kam der Aufforderung mit großer Freude nach, und nachdem er einmal angefangen hatte, fiel es ihm schwer, wieder aufzuhören. Von „Lord Ullins Tochter" ging er zu „Curfew" über, also zu „Barbara Frietchie" und „Young Lochinvar", und während er las, saß Hinton mit geschlossenen Augen da und reiste in die Vergangenheit.

Er sah ein Schulhaus auf dem Land und sich selbst, einen achtjährigen Jungen, der um einen Preis kämpfte. Er stand auf einer Plattform, und die Kinder waren unter ihm, und hinter ihm war eine Reihe von Besuchern. Er war gelähmt vor Angst, aber voller Ehrgeiz. Mit größter Anstrengung begann er seine Rede:

> Oh, der junge Lochinvar ist aus
> dem Westen gekommen!

Er kam nicht weiter; Ein Ruf der großen Jungs und ein Wort des Lehrers, und er brach in Tränen aus und floh zu seiner Mutter. Wie die Zeilen alles zurückbrachten! Er konnte jetzt ihre Arme um ihn und ihre Wange an seiner spüren und wieder ihre tröstenden Worte hören. In all den Jahren, seit man sie ihm genommen hatte, hatte er sie noch nie so eindringlich gewollt wie in diesen wenigen Momenten, in denen Mr. Opps hohe Stimme dem leidgeprüften Lochinvar das Schlimmste tat.

"Herr. „D.“, sagte eine klagende Stimme von der Tür, „Miss Kippy lässt mich nicht ihr Kleid ausziehen, um zur Kasse zu gehen. Sie ist so tief, dass sie im Schlaf schläft.“

Mr. Opp beendete abrupt seinen Redefluss und bat um eine kurze Entschuldigung.

„Nur ein bisschen häuslicher Streit“, versicherte er Hinton; „Sie können einen Blick auf die restlichen Gedichte werfen, ich bin bald zurück.“

Hinton, allein gelassen, ging ruhelos im Zimmer auf und ab. Die vorübergehende Ablenkung war vorbei und er stand erneut vor seinem Problem. Er ging zum Tisch, holte einen Zettel aus der Tasche und beugte sich über die Lampe, um ihn zu lesen. Die Linien verschwammen und verliefen ineinander, aber hier und da ein Wort erinnerte an den Inhalt. Es war von Mr. Mathews, der es vorzog, unangenehme Dinge zu schreiben, anstatt sie zu sagen. Herr Mathews, so hieß es in der Notiz, sei in letzter Zeit über wiederholte Fehler in den Berichten seiner Sekretärin sehr verärgert gewesen; er war weder so schnell noch so genau wie früher, und es musste eine Verbesserung vorgenommen werden, andernfalls würde eine Änderung als ratsam erachtet werden.

„Feinfühlsames Fingerspitzengefühl!“ höhnte Hinton und zerdrückte das Papier in seiner Hand. „Höflichkeit führt manchmal zu einer Bitte, und der Hai schreckt davor zurück, Gefälligkeiten zu erweisen. Und ich muss durchhalten und weiterhin Missbilligung akzeptieren, bis eine ‚Änderung für ratsam erachtet wird‘.“

Er ließ den Kopf auf die Arme sinken und war so tief in seinen bitteren Gedanken versunken, dass er Herrn Opp nicht ins Zimmer kommen hörte. Dieser Herr stand einen Moment lang in großer Verlegenheit da; dann trat er geräuschlos hinaus und kündigte sein zweites Kommen an, indem er an der Türklinke rüttelte.

Der Wind hatte sich zu einem Sturm entwickelt, der im alten Haus heulte, an den Fensterläden zerrte und unaufhörlich an den Scheiben rüttelte.

„Nehmen Sie den großen Stuhl", drängte Herr Opp, der gerade einen neuen Holzscheit aufgelegt hatte und die Flammen in den Schornstein tanzen ließ; „Und hier ist ein Krug Apfelwein, wann immer Sie das Bedürfnis nach einer kleinen Erfrischung verspüren. Meiner Meinung nach sind Sie kein verheirateter Mann, Mr. Hinton."

„Gott sei Dank, nein!" rief Hinton aus.

„Nun", sagte Mr. Opp, schürzte die Lippen und lächelte, „Sie wissen, dass ich denke, dass wir jungen Männer gerade darin einen Fehler machen."

„Die Ehe", sagte Hinton, „ist so ziemlich die einzige Katastrophe, die mir in meiner kurzen und steinigen Karriere nicht widerfahren ist."

„Sehen Sie hier", sagte Herr Opp, „das habe ich früher auch so empfunden."

„Bevor du sie getroffen hast?" schlug Hinton vor.

Herr Opp sah erfreut, aber verlegen aus. „Ich kann nicht leugnen, dass es eine junge Dame gibt", sagte er; „Aber sie ist noch ziemlich jung. Tatsächlich macht es mir nichts aus, Ihnen zu sagen, dass sie nur etwa halb so alt ist wie ich."

Anstatt zwei und zwei zusammenzurechnen, addierte Hinton achtzehn zu achtzehn. „Und du bist ungefähr sechsunddreißig?" er hat gefragt.

„Genau", sagte Herr Opp überrascht. „Ich werde allgemein als weitsichtig jünger angesehen."

Von der Ehe ging das Gespräch auf Ölquellen über, dann auf Journalismus und schließlich auf eine philosophische Diskussion über das Leben selbst. Mr. Opp ging immer wieder über seine Grenzen hinaus und war zeitweise so sehr in seine Gedanken versunken, dass er sich nur schlecht nachahmte und Anzeichen von Demut zeigte, selten oder nie sichtbar waren.

In der Zwischenzeit nahm Hinton Sondierungen vor, und manchmal stoppte sein Sturz dort, wo er begonnen hatte, und manchmal sank er in eine unerwartete Tiefe.

„Nun", sagte er schließlich und stand auf, „wir müssen zu Bett gehen. Du wirst weiterhin eine Leiter in die Luft erklimmen, und ich werde weiterhin wie ein Maulwurf in der Erde wühlen, und was soll das alles? Welche Chance haben wir beide, irgendwo rauszukommen? Sie können sich etwas vormachen; Ich kann nicht: Das ist der Unterschied."

Die ungewöhnlichen geistigen Anstrengungen von Herrn Opp hatten sich offenbar auf seinen gesamten Körper ausgewirkt, seine Beine waren fest umeinander geschlungen, seine Arme waren verschränkt und seine Gesichtszüge waren zu einer erstaunlichen Protestfalte verzogen.

„Das ist es nicht", sagte er mit Nachdruck und bemühte sich tapfer, seine Überzeugung zum Ausdruck zu bringen: „Dieses Lebensgeschäft hier wird nicht in so kleinem Maßstab betrieben. Nach meiner Vorstellung oder meinem Verständnis ist es – nun ja – das, was man in militärischen Zahlen einen Kampf nennen könnte " Er hielt einen Moment inne und knüpfte, wenn möglich, einen noch festeren Knoten, dann ging er langsam weiter und tastete seinen Weg: „Natürlich gibt es einige, die einfach im Lager herumbleiben, Angst vor dem Kampf und Angst vor dem Verlassen, und sich einfach nur auf ein Gespräch einlassen. Man könnte sagen, über den Rest der Armee. Dann gibt es die Feiglinge und Deserteure. Aber ein anständiger Mensch, oder besser gesagt Soldat, trägt seine Befehle mit sich herum, und das Wichtigste und Wichtigste, was er zu tun hat, ist, sie zu befolgen. Worum es in dem Kampf geht oder in welcher Weise der General am Ende alles in Ordnung bringen will, ist meiner Schlussfolgerung nach kein Teil unserer Angelegenheit."

Als Herr Opp in einem etwas hitzigen und empörten Zustand an diesem Punkt der Diskussion angelangt war, erinnerte er sich plötzlich an seine Pflichten als Gastgeber. Mit einer herrschaftlichen Handbewegung wies er das Thema ab und führte Hinton feierlich in sein Schlafzimmer, wo er darauf bestand, das Feuer anzuzünden und das Bett herzurichten.

„Es war Herr Opp, der seine Gebete sprach"

Hinton saß lange Zeit da, bevor er sich auszog, und lauschte dem Wind im Schornstein, dem Kratzen der Zeder auf dem Dach und den noch düstereren Geräuschen, die in seinem Herzen widerhallten. Alles an dem alten Haus zeugte von Verfall und Verfall; Doch mittendrin lebte ein Mann, der keine Chancen auf das Leben stellte, der nahm, was kam, und der mit einem Schwung, einer Hingabe und einem Mut lebte, die verblüffend waren. Selbsttäuschung, Egoismus, billiger Optimismus – könnten sie einen Menschen in diesen Geisteszustand versetzen? Hinton fragte sich bitter, was Opp in seiner Position tun würde; Angenommen, sein Augenlicht wäre bedroht, wie weit würde ihm dann seine törichte Selbsttäuschung nützen?

Aber er konnte sich nicht vorstellen, dass Mr. Opp, lahm, stockend oder blind, den Kampf aufgeben würde. Es gab etwas in dem Mann – Egoismus, Mut, was auch immer es war –, das niemals eine Niederlage anerkennen

würde, diese Eigenschaft, die aus einem Leben ohne den endgültigen Sieg
siegt.

Bevor er in den Ruhestand ging, stellte Hinton fest, dass es in seinem
Zimmer kein Trinkwasser gab, und er sich an einen vollen Krug im
Esszimmer erinnerte, nahm er die Kerze und öffnete leise die Tür. Der
plötzliche kalte Luftzug aus dem Flur ließ die Kerze aufflackern, aber als sie
sich beruhigte, sah Hinton, dass vor der Tür ihm gegenüber ein altes Feldbett
aufgestellt worden war, als wäre es auf der Hut, und dass daneben eine
ungelenke Gestalt in Weiß kniete, neben ihm Kopf in seinen Händen
verschränkt. Es war Herr Opp, der seine Gebete sprach.

XII

Der BESUCH der Kapitalisten markierte für die Bucht den Beginn einer langen und gewinnbringenden Phase der Schlaflosigkeit. Als Mr. Opp ankam, hatte die kleine Stadt eine Mücke im Auge, und nun, da sie in eine Spekulation verwickelt war, die sich zu einem Boom zu entwickeln drohte, gehörten Schlaf und Ruhe der Vergangenheit an.

Die Gruppe der Ermittler hatte so bemerkenswerte Bedingungen vorgefunden, dass sie das Grundstück sofort aufkaufen wollte; aber sie stießen auf unerwarteten Widerstand.

Bei einem Treffen, das in den Annalen von Cove City in die Nachwelt eingehen wird, hatte die Turtle Creek Land Company unter der Leitung des unerschrockenen Mr. Opp ihren Kurs trotz Überredung, Drohungen und Bestechungsgeldern gehalten. Es gab nur einen Eckpfeiler auf der Plattform des Unternehmens, und das war die Entschlossenheit, nicht zu verkaufen. An dieser Planke klammerten sie sich trotz des Sturms der Opposition und der darauffolgenden schwierigen Ruhe der Gleichgültigkeit fest, bis ein Waffenstillstand erklärt wurde.

Schließlich wurde eine Vereinbarung getroffen, wonach die Turtle Creek Land Company ihr Land an die Kapitalisten verpachten und dafür einen bestimmten Prozentsatz erhalten sollte. des geförderten Öls und behält sich das Recht vor, jederzeit im darauffolgenden Jahr Vorräte bis zu einer großen und unmöglichen Menge zu kaufen.

Kurz nach diesem Auftrag kamen Männer und Maschinen, um eine Testbohrung zu öffnen. Wochenlang wurde der Transport den Bachgrund hinauf durchgeführt, da es keine Straße gab, die zur Ölquelle führte, wo die ersten Bohrungen durchgeführt werden sollten.

Die Stadt beobachtete die Vorgänge abwechselnd mit Verachtung und Interesse. Es war scherzhaft, wenn es um Wasser und Treibsand ging, und neigte zu sarkastischem Humor, wenn die Arbeit wegen des Wetters unterbrochen . Doch eines Tages, nachdem das Rohr bis zu einer beträchtlichen Tiefe vorgetrieben und das Gestein darunter sechs Zoll lang aufgebohrt worden war, fiel der Bohrer plötzlich in eine Spalte, und bei der Untersuchung stellte sich heraus, dass das Loch fast voller Erdöl war.

Die Bucht geriet sofort in einen Zustand akuter Hysterie. Spekulationen verbreiteten sich wie die Masern und brachen an allen möglichen seltsamen und unerwarteten Orten aus. Jeder, der über einen Dollar verfügen konnte, wandelte ihn umgehend in Ölaktien um. Miss Jim Fenton lieh sich Geld von ihrer Cousine in der Stadt und stürzte sich rücksichtslos in die Krise. Die Missionary Band verloste drei Quilts und kaufte vom Erlös einen Anteil;

Herr Tucker hat zwei Hypotheken für lebenslange Freunde zwangsversteigert, um mehr Geld zu beschaffen; während die Menge der von Herrn D. Webster Opp gekauften Aktien nur durch seine Kreditwürdigkeit bei der Bank begrenzt war.

Der einzige warnende Ton, der erklang, kam von Mrs. Fallows, die auf der Veranda Ihres Hotels saß und wie der griechische Chor die Katastrophen vorhersagte, Unternehmen prophezeite. Sogar der weltgewandte Jimmy war über ihre beharrliche Wiederholung verärgert und erklärte, dass sie ihn „an einen verdammten alten Trottel erinnerte".

Aber Mrs. Fallows' Pfeifenton ging im Sturm der Begeisterung unter. Bauern, die am Samstag in die Stadt kamen, infizierten sich und trugen das Fieber ins Land. Die gesamte Community unterbrach den Betrieb, um die aufregende Situation zu besprechen.

Es waren Champagnertage für Mr. Opp. Das Leben schien ein langer, prickelnder Schluck zu sein, und er trank ihn Guinevere zu. Wenn sie die Augen senkte und sein Lächeln mit einem Seufzer beantwortete, sah er es nicht, denn das Elixier war ihm zu Kopf gestiegen.

Da er gezwungen war, ein Ventil für seine Energie zu finden, nutzte er die ungewöhnliche Lebhaftigkeit der Bucht und stürzte sich in eine Kommunalreform. „The Opp Eagle" forderte Straßen, er forderte Laternenpfähle, er forderte Mäßigung. Das Recht der Schweine, ihre tägliche Siesta mitten auf der Main Street zu halten, in Frage gestellt und vehement abgelehnt. Trockenwarenkisten, die jahrelang das einzige sichtbare Mittel zum Unterhalt diverser träger Jugendlicher darstellten, wurden derart lächerlich gemacht, dass die Besitzer gezwungen waren, sie zu entfernen.

Die von Herrn Opp, dem Herausgeber, vorgeschlagenen Richtlinien wurden von Herrn Opp, dem Bürger, umgehend umgesetzt. Als er seine eigenen Leitartikel las, wurde er so empört, dass nichts anderes als sofortiges Handeln in Betracht gezogen werden musste. Er gründete eine Reformpartei und ernannte sich selbst zum Führer. Mat Lucas, er wurde zum Superintendent of Streets ernannt; Herr Gallop, Vorsitzender des Ausschusses für Stadtbeleuchtung. Tatsächlich bildete er genügend Ausschüsse, um einen Präsidentschaftswahlkampf zu leiten.

Die Haltung der Stadt zu ihm war die eines großen Teigklumpens gegenüber einem kleinen Hefekuchen. Es war bereit, angehoben zu werden, hatte aber Zweifel an der Antriebskraft.

„Ich wäre sicherer", sagte Jimmy Fallows, „wenn sein Intellekt die Standardgröße hätte " Es erscheint ihm so groß, dass er seine Sprache nicht fertigstellen kann; er muss es auf Bestellung anfertigen lassen."

Aber seit der erfolgreichen Bewirtschaftung der Ölquellen wurde die Meinung von Herrn Opp immer mehr berücksichtigt. Innerhalb kurzer Zeit wurde das Büro von „The Opp Eagle" zum Dreh- und Angelpunkt der Gemeinde.

Eines Nachmittags im März saß der Redakteur vor seinem Deal-Tisch, offenbar mitten in den heftigsten Redaktionszusammenbrüchen.

Nick, der ungeduldig auf eine Kopie wartete, hatte es eine Stunde lang nicht gewagt zu sprechen, aus Angst, ein Rädchen in der komplizierten Maschinerie der Schöpfung auszuschalten. Der ständige Kampf, „The Opp Eagle" mit genügend Material zu versorgen, um jeden Donnerstag fliegen zu können, war für das Personal von großer Bedeutung. er wurde gereizt.

"Also?" sagte er ungeduldig, als Mr. Opp die zehnte Seite beendete und die großen Blätter in seine Hand nahm.

„Ja, ja, natürlich", sagte Herr Opp schuldbewusst; "Ich stehe Ihnen zur Verfügung. gerade eine kleine private Korrespondenz persönlicher Art, die nicht warten konnte."

„Ist das nicht eine Kopie?" forderte Nick und fixierte ihn mit einem empörten Blick.

„Nun, nein", sagte Herr Opp unbehaglich. „Tatsache ist, dass ich diese Woche keinen regulären Leitartikel schreiben konnte. Ungewöhnlicher Druck durch externe Geschäfte und – ähm –"

„Wie lange wird sie unten in Coreyville bleiben?" fragte Nick mit einem verächtlichen Verziehen seiner Lippen.

Mr. Opp hielt inne, während er den Umschlag ansprach, und warf Nick einen Blick zu, der brennend wirkte.

„Darf ich fragen, an wen Sie sich wenden?" fragte er würdevoll.

Nicks Augen senkten sich und er scharrte mit den Füßen. „Ich wollte es nur in die Zeitung bringen. Wir müssen etwas tanken."

„Nun", sagte Herr Opp leicht versöhnt, „Sie können erwähnen, dass sie zurückgekehrt ist, um das Frühjahrssemester am Seminar für junge Damen zu besuchen."

„Wieder zur Schule gegangen?" rief Nick aus, der seine Neugier nicht unterdrücken konnte. "Wozu?"

„Um am Frühjahrssemester teilzunehmen", wiederholte Herr Opp vorsichtig. Dann fügte er voller Zuversicht hinzu: „Nick, ist dir jemals in den Sinn gekommen, dass Mrs. Gusty eine seltsame Frau ist, wie du sie nennen könntest?"

Aber Nick interessierte sich nicht für die psychologischen Eigenheiten der Familie Gusty. „The Opp Eagle" schrie nach Essen, und Nick hätte sich und seinen Chef geopfert, um die Stelle zu besetzen.

„Sehen Sie, Herr Opp, wissen Sie, welcher Tag heute ist? Es ist Montag und wir müssen zwei Spalten füllen. Es kommen ständig neue Abonnements hinzu. Wir müssen unserem Ruf gerecht werden."

„Sehr gut ausgedrückt", stimmte Herr Opp zu; „Der Ruf der Zeitung muss vor allem gewahrt werden. Ich denke gerne darüber nach, dass mein Name in diesem Papier verewigt wird, nachdem meine sterblichen Überreste wieder zu Staub geworden sind. Dass kein Denkmal aus Marmor nötig sein wird, solange The Opp Eagle" weiterhin von Haus zu Haus zirkuliert und diese verkündet –"

„Kannst du nicht etwas davon aufschreiben?" schlug Nick vor; „Es würde ein paar Absätze füllen. Einen Teil davon haben Sie bereits verwendet, aber wir könnten ihn teilweise ändern."

„Niemals", sagte Herr Opp. „Ich würde mich auf keinen Fall in gedruckter Form wiederholen. Ich werde hier einfach meine Kiste durchgehen und sehen, was für neues Material ich habe. Hier ist etwas; Nehmen Sie es auf, wie ich es diktiere.

„'Pastor Joe Tyler hält jeden zweiten Sonntag einen Gottesdienst in Cove City. Er hatte dreißig Bekehrungen und wurde am Samstag von dieser Gemeinde mit einem Anzug im Wert von 20,00 US-Dollar sowie einem Fass Mehl überreicht, was voll und ganz bezeugt, was ein allgemeines Erwachen der Kirche in Richtung Gutes bewirken wird. Niemand sollte daran denken, seine Kinder großzuziehen oder die Gesellschaft zu erlösen, ohne zweimal im Monat das Evangelium anzuwenden.'"

„Wenn Sie so weitermachen können", sagte Nick hoffnungsvoll, „werden wir in kürzester Zeit durchkommen."

Aber Mr. Opp war zu seinem Brief zurückgekehrt und versuchte zu entscheiden, ob er eine oder zwei Briefmarken brauchte. Als er Nicks vorwurfsvollen Blick auf sich spürte, steckte er den Umschlag entschlossen in die Tasche.

„Sie haben doch schon gesagt, dass die Arbeiten an den Ölquellen wieder aufgenommen werden, sobald das schlechte Wetter es zulässt, nicht wahr?"

„Wir hatten es seit letztem Herbst in jeder Ausgabe", sagte Nick.

„Nun, mal sehen", sagte Mr. Opp und tauchte noch einmal in seine Reservebox. „Hier, notieren Sie sich: ‚Mr. Letzten Monat brannte sein Haus bei Jet Connor nieder, es war das zweite Feuer, das er in zehn Jahren hatte. Unglück kommt nie einzeln.""

„In Ordnung", ermutigte Nick. „Können Sie sich jetzt nicht Gedanken über die Zeitung machen, die einen Preis anbietet?"

Mr. Opp nahm seine Stirn fest zwischen seine Handflächen und unternahm eine heldenhafte Anstrengung, Gedanken auf das anstehende Geschäft zu konzentrieren.

„Warte nur eine Minute, bis ich es arrangiert habe. Schreiben Sie nun Folgendes: „The Opp Eagle" hat einen Club namens BBB Club gegründet, was „Busy Bottle-Breakers Club" bedeutet. Ein hübscher Preis von höchster Qualität wird dem Jungen oder Mädchen verliehen, das vor dem 1. Mai die meisten Whisky- und Bierflaschen zerbricht." Die Boote nach Coreyville fahren am Sonntag anders, nicht wahr, Nick?"

Nick, der das Diktat fraglos übernommen hatte, bis er bei seinem eigenen Namen angelangt war, blickte schnell auf, warf dann seinen Stift hin und seufzte.

„Ich gehe zu Mr. Gallop", sagte er verzweifelt; „Er hat die Dinge hier in der Stadt im Kopf. Ich werde sehen, was er für mich tun kann."

Mr. Opp ließ ihn reuevoll gehen und blickte etwas schuldbewusst auf die unerledigte Arbeit, die vor ihm lag. Aber anstatt Wiedergutmachung für die jüngsten Verfehlungen zu leisten, drang er weiter in die Zeit vor, die „The Opp Eagle" gehörte.

Er ging heimlich zur Tür, schloss sie ab und zog die Jalousie herunter, bis nur noch ein Streifen Licht auf seinen Tisch fiel. Nachdem er diese Vorsichtsmaßregeln beachtet hatte, nahm er eine Reihe von Briefen aus seiner Tasche, trennte einen großen, mit der Schreibmaschine geschriebenen Brief von mehreren kleinen blauen, ordnete die letzteren nach ihrem Datum in einer Reihe vor sich und machte sich mit sichtlicher Befriedigung an die Arbeit Lesen Sie sie zweimal durch. Dann schaute er sich um, um sich zu vergewissern, dass niemand durch das Schlüsselloch gekrochen war, schloss eine Schublade auf und holte einen Schlüssel heraus, der wiederum eine Kiste aufschloss, aus der er vorsichtig einen kleinen Gegenstand nahm und ihn mit unverhohlener Bewunderung betrachtete.

Es war ein Amethystring und in der Mitte des Steins war eine Perle eingefasst. Er hielt es in den schmalen Lichtstreifen und las die darin eingravierte Inschrift: „Guinevere für immer."

Denn Miss Guinevere Gusty, die sich immer stärker einem stärkeren Willen entwickelte, war der starken Kombination aus Abwesenheit und Begeisterung erlegen und hatte halbherzig ihr Einverständnis gegeben, dass

Mr. Opp mit ihrer Mutter sprechen durfte. Von der uneingeschränkten Zustimmung dieser Dame würde alles abhängen.

Herr Opp hatte den Brief vor einer Woche erhalten, und er hatte sofort an die Stadt geschrieben, um ein Juwelierrundschreiben anzufordern, seine Auswahl getroffen und den Ring erhalten. Er hatte acht umfangreiche und beredte Briefe an Guinevere geschrieben, aber er hatte noch nicht den günstigen Moment gefunden, um Mrs. Gusty aufzusuchen. Jedes Mal, wenn er anfing, riefen ihn dringende Geschäfte woanders hin.

Während er im Sonnenlicht dasaß und den Stein drehte und jedes Detail bewunderte, bedrückte ihn die Überzeugung, dass er keine Entschuldigung mehr für die Verzögerung finden konnte. Doch gerade als er die Entscheidung traf, sich der Tortur zu stellen, wanderte sein Blick unwillkürlich über den Schreibtisch, um auch nur eine kurze Gnadenfrist zu erwirken. Der große maschinengeschriebene Brief erregte seine Aufmerksamkeit; er nahm es auf und las es noch einmal.

LIEBER OPP : Kennen Sie einen schönen, bequemen Ort in Ihrer Nachbarschaft, an dem ein Mann erblinden kann? Ich werde noch einen Monat im Krankenhaus bleiben und danach den Sommer im Freien verbringen, in freudiger Erwartung einer Operation, von der ich im Voraus versichert habe, dass sie wahrscheinlich erfolglos sein wird. Unter den besonderen Umständen lege ich keinen besonderen Wert auf die Landschaft, ob menschlich oder natürlich; Die ganze Angelegenheit endet mit Fliegen und Federbetten. Wenn Sie einen Ort kennen, an dem ich mich einigermaßen wohl fühlen kann, würde ich mich freuen, wenn Sie mir eine Nachricht schreiben würden. Der ideale Ort für mich wäre eine hübsche Kiefernkiste unter der Erde mit einem zierlichen Strauß Gänseblümchen darüber.

Mit freundlichen Grüßen

WILLARD HINTON.

PS: Ich habe dir letzte Woche eine Schachtel mit meinen Büchern geschickt. Werfen Sie weg, was Sie nicht wollen. Die Süßigkeiten waren für deine Schwester.

Mr. Opp, den Brief immer noch in der Hand, sah plötzlich einen Ausweg aus seiner Schwierigkeit: Er würde Hintons Bitte als Vorwand für einen Besuch bei Mrs. Gusty nutzen. Es gibt keinen sichereren Weg, ihre Gunst zu erlangen, als ihren Rat einzuholen.

Er legte den Ring in die Schublade und die Briefe in seine Tasche, knöpfte seinen Mantel zu und verließ mit strenger Entschlossenheit das Büro. Am Gusty-Tor traf er auf Val, der auf allen Vieren am Zaun stand und nach etwas suchte.

„Was ist los, Val?" fragte Herr Opp. "Etwas verloren?"

Val hob ein Paar trauriger Augen. „Ja, Sir; Darauf kannst du wetten. Fertig, ich habe einen Penny verloren, Mr. Jimmy Fallows, gib mir, dass du mir meine Faust in meinen Muff gesteckt hast."

„Steck deine Faust in deinen Mund!" wiederholte Herr Opp überrascht. „Können Sie diesen Akt ausführen?"

Val demonstrierte es umgehend; aber gerade als er auf halbem Weg war, rief eine gebieterische Stimme aus einem Heckfenster:

„Val! Du Val! Antworte mir besser gleich!"

Val duckte sich tiefer hinter den Zaun und bedeutete Mr. Opp heftig, weiterzugehen.

„Geht es Frau Gusty heute gut?" fragte Herr Opp, der immer noch am Tor verweilte.

„Jes erträglich", sagte Val, flach auf dem Rücken liegend und in vorsichtigem Tonfall sprechend. „Immer wenn sie die Teppiche ausklopft, die Betten verprügelt und die Vorhänge schüttelt, halte ich mich fern."

„Glaubst du – äh – dass – äh – ich besser reingehe?" fragte Herr Opp, der dringend moralische Unterstützung brauchte.

„Ja, Sir; Sie ‚beobachtet' dich."

Diese überraschende Ankündigung brachte Herrn Opp dazu, das Tor zu öffnen.

Man sagt, dass die am besten ausgebildeten Soldaten ausweichen, wenn sie zum ersten Mal in die Schusslinie geraten, und wenn Mr. Opps Knie aneinanderschlugen und sein Körper in reichlichen Schweiß gebadet wurde, sollte das nicht auf einen Mangel an männlichem Mut zurückgeführt werden.

Als Reaktion auf sein Klopfen öffnete Mrs. Gusty selbst die Tür. Die Anzeichen dafür, dass sie mitten auf der Toilette unterbrochen worden war, waren so deutlich, dass Mr. Opp sofort den Blick abwandte. Ein Schal war hastig um ihre Schultern gezogen worden, auf einer Wange ein Streifen Kreide darauf, verteilt zu werden, und ein einzelnes borstiges Lockenpapier, das sich heftig von ihrer Stirn erhob, gab ihr das Aussehen eines erschrockenen Einhorns.

„Sie müssen mich entschuldigen, Mr. Opp", sagte sie bestimmt und öffnete die Tür zwischen ihnen. „Ich kann nicht rauskommen und du kannst nicht reinkommen. Wolltest du etwas?"

„Nun ja", sagte Mr. Opp und blickte hilflos auf die leere Tür. „Sehen Sie, es gibt eine Angelegenheit, die ich schon seit einigen Wochen mit Ihnen besprechen möchte. Es ist ein-"

„Wenn es so lange gewartet hat, denke ich, dass es bis morgen warten könnte", verkündete die Dame entschieden.

Herr Opp hatte das Gefühl, dass sein Mut der Belastung der letzten Augenblicke nie wieder standhalten würde. Er muss jetzt oder nie sprechen.

„Es kommt sofort", brachte er hervor. „Wenn Sie mir fünf oder zehn Minuten geben könnten, würde ich nicht mehr als das in Anspruch nehmen."

Mrs. Gusty überlegte. „Ich suche um fünf Uhr Gesellschaft. Das würde dir nicht viel Zeit geben."

„Ausreichend", drängte Herr Opp; „Es ist sozusagen nur eine kleine notwendige Transaktion."

Mrs. Gusty stimmte widerwillig zu.

„Dann gehen Sie weiter in den Salon", sagte sie. „Ich komme so schnell ich kann. Sie werden jedoch nicht mehr als Zeit haben, um loszulegen."

Mr. Opp ging in den Salon und hängte seinen Hut an die Ecke einer großen, ungerahmten Leinwand, die mit der Vorderseite zur Wand auf dem Boden stand. Der Raum war offensichtlich für einen Besucher hergerichtet worden, denn ein Feuer wurde neu angezündet und eine Vase mit Blumen schmückte den Tisch. Aber Herr Opp machte keine Beobachtungen. Abwechselnd wärmte er seine kalten Hände am Feuer und fächelte sich mit dem Taschentuch Luft in sein gerötetes Gesicht. Er war zu nervös, um still zu sitzen, doch seine Knie zitterten, wenn er sich bewegte. Erst als er das Briefpäckchen in seiner Brusttasche berührte, erwachte sein Mut wieder.

Endlich kam Mrs. Gusty mit einem Rascheln von Kleidungsstücken herein, das an Sonntag erinnerte. Trotz seiner Verwirrung war sich Mr. Opp bewusst, dass an ihrem Aussehen etwas Ungewöhnliches war. Ihr Haar, das normalerweise hinten zu einem strengen Knoten zusammengebunden war, war in Locken und Büschel von erstaunlicher Komplexität aufgeplatzt. Darüber hinaus hatte der Wechsel ihrer Frisur offenbar ihre Stimmung beeinträchtigt, denn auch sie war aufgeregt und unsicher und blickte ständig auf die Uhr auf dem Kaminsims.

„Ich werde mich bemühen, Ihre Zeit nicht zu sehr zu belasten", begann Mr. Opp höflich, als sie Seite an Seite auf dem Rosshaarsofa saßen. „Sie – äh – können nicht völlig unwissend über das Thema sein, das – äh – ich ansprechen möchte." Er befeuchtete seine Lippen und sah sie hilfesuchend an, aber sie blieb hartnäckig. „Ich möchte mit Ihnen sprechen", fuhr er verzweifelt fort, „das heißt, ich dachte, ich sollte besser mit Ihnen über Mr. Hinton sprechen."

"WHO?" loderte Mrs. Gusty in entrüsteter Überraschung hervor.

"Herr. „Hinton", sagte Mr. Opp atemlos, ein junger, freundlicher Bekannter von mir." Will für den Sommer eine Unterkunft bekommen, wissen Sie; Ich möchte einen schönen, ruhigen Ort und so weiter, Mrs. Gusty. Ich dachte, ich würde Sie darüber befragen, Mrs. Gusty, wenn es Ihnen nichts ausmacht."

Sie blickte ruhig mit einem Auge auf ihn und mit dem anderen auf die Uhr, während er sich mit Einzelheiten über Mr. Hinton befasste. Als er innehielt, um Luft zu holen, verschränkte sie die Arme und sagte:

"Herr. Opp, wenn du sagen willst, was du sagen willst, hast du dafür nur vier Minuten Zeit."

„Oh ja", sagte Herr Opp dankbar, aber hilflos; „Ich war gerade an diesem Punkt angelangt. Es geht um – ähm – nun, man könnte sagen, es betrifft in gewisser Weise –"

„Guin-nie!" schnappte Mrs. Gusty, die sein Zögern nicht länger ertragen konnte. „Ich wäre taubstumm und obendrein ein Narr gewesen, wenn ich es nicht schon vor langer Zeit gewusst hätte. Nicht, dass ich in dieser Angelegenheit konsultiert worden wäre." Sie hob ihr steifes Kinn und richtete ihren Blick nach oben.

„Das haben Sie", erklärte Herr Opp ernst; „Das heißt, du wirst es sein. Alles hängt von dir ab. Weder Miss Guinnever noch ich haben irgendwelche Schritte unternommen – ich könnte eher sagen: von ihr. Ich kann nicht sagen, aber ich habe ein paar kleine Vorkehrungen getroffen." Er machte eine Pause und fuhr dann besorgt fort: „Ich gehe davon aus, dass es keine persönlichen Einwände gegen den Fall gibt."

Mrs. Gusty machte Falten in ihren schwarzen Seidenrock und drückte sie mit dem Daumennagel nach unten. „Nein", sagte sie kurz; „Soweit ich sehen kann, würde Guin-never sehr gut daran tun, dich zu kriegen. Du wärst auf lange Sicht sicherer als ein gutaussehender junger Kerl. Natürlich neigt ein Mann, der so viel älter als ein Mädchen ist, dazu, sie als Witwe zu hinterlassen. Aber ich für meinen Teil glaube an Zweitehen."

Herr Opp hatte das Gefühl, als hätte er gleichzeitig eine heiße und eine kalte Dusche erhalten; aber das Ergebnis war ein Leuchten.

„Dann sind Sie nicht dagegen, Mrs. Gusty", rief er eifrig. „Du wirst ihr schreiben, bist du bereit?"

„Noch nicht", sagte Mrs. Gusty; „Es gibt eine Bedingung."

„Es gibt keine Bedingung auf der Welt, die ich nicht erfüllen würde, um sie zu bekommen", rief er rücksichtslos aus, und sein Eifer sprengte alle Grenzen. „Sie wissen nicht, was ich für diese junge Dame empfinde. Ich würde den Rest meines Lebens von Brot und Wasser leben, wenn es sie glücklich machen würde. Seit ich sie kennengelernt habe, verging keine Stunde, in der sie nicht meine Seele – wie man so sagen könnte – in ihren Händen hielt."

„In unserem Alter geht es den Menschen nicht oft so schlimm", bemerkte Mrs. Gusty sarkastisch, und Mr. Opp zuckte zusammen.

„Die Krankheit", fuhr Mrs. Gusty fort, „von der ich gesprochen habe, war Ihre Schwester." Natürlich würde ich niemals zustimmen, dass Guin niemals mit einer verrückten Person unter einem Dach lebt."

Die Hoffnung, die Mr. Opp in die schwindelerregendsten Höhen trug, sank bei diesem unerwarteten Schacht zu Boden, und einen Moment lang war er zu fassungslos, um zu sprechen.

„Kippy?" Er begann endlich und seine Stimme wurde sanfter bei dem Namen. „Warum, Sie verstehen nichts von ihr. Sie ähnelt einfach einem kleinen Kind. Ich habe Miss Guin-never alles über sie erzählt; sie hat nie Einwände erhoben. Sie – Sie – würden von mir nicht verlangen, irgendwelche Versprechungen in dieser Richtung zu machen?" In Mr. Opps Augen leuchtete ein bitteres Flehen; es war ein Plädoyer für eine Satzänderung. Sie hatte von ihm das einzige Opfer der Welt verlangt, bei dem er gescheitert wäre. „Nicht – sagen Sie es nicht so!" flehte er und legte voller Ernst seine Hand auf ihren Arm. „Ich bin alles, was sie auf der Welt hat; Ich habe mich irgendwie mit ihren Verhaltensweisen vertraut gemacht und kann mit ihr umgehen. Sie wird Miss Guin lieben – niemals, wenn ich es ihr sage. Sie soll kein bisschen Sorge oder Ärger bereiten; Ich und Tante Tish werden weiterhin alles für sie tun. Sie werden Ihre Einwilligung aus diesem Grund doch nicht verweigern, oder? Sie werden doch versprechen, ja zu sagen, nicht wahr, Mrs. Gusty?"

Ein leichtes und unheilvolles Husten im Türrahmen ließ sie beide zusammenfahren. Mr. Tucker, in Witwerkleidung, aber mit einem fröhlichen Witz durch sein Knopfloch gesteckt, stand mit der Hand immer noch auf dem Knopf, offensichtlich gebannt von der Szene, die er gesehen hatte.

Für einen Moment war die Gesellschaft in einen Nebel so dichter Verlegenheit gehüllt, dass jedes Gespräch unterbrochen wurde. Mrs. Gusty war die Erste, die herauskam.

„Grüß dich, Mr. Tucker", sagte sie und raschelte zur Begrüßung vorwärts. „Ich hätte nicht gedacht, dass du vor fünf hier bist. Mr. Opp kam gerade vorbei, um mich wegen der Unterbringung eines Freundes zu befragen. Wollen Sie sich nicht ans Feuer stellen?"

Mr. Tucker beugte sich vor und blickte misstrauisch auf Mr. Opp, der nervös nach seinem Hut suchte.

„Da ist es, neben der Tür", sagte Mrs. Gusty, bestrebt, seinen Abgang zu beschleunigen; Und als sie beide danach griffen, kippte das Bild, an dem es hing, nach vorne und fiel mit der Vorderseite nach oben auf den Boden. Es war das Porträt des trauernden Mr. Tucker unter der Weide, das Miss Jim zur sicheren Aufbewahrung bei Mrs. Gusty zurückgelassen hatte.

Herr Opp ging an diesem Abend über die Felder nach Hause, statt durch die Stadt. Er war keiner seiner Rollen – Herausgeber, Förderer oder Reformer – ganz gewachsen. Tatsächlich verspürte er das dringende Bedürfnis nach einer kurzen Pause von all seinen theatralischen Pflichten. Die Aufregung der letzten Woche hatte zu einer Reaktion geführt, und die Komplikation, die Mrs. Gustys Zustand mit sich brachte, verwirrte und beunruhigte ihn. Natürlich, versicherte er sich immer wieder, gab es einen Ausweg aus der Schwierigkeit; aber er konnte es noch nicht finden. Er hatte beobachtet, dass Mrs. Gustys Meinungen beim geringsten Widerstand zu festen Überzeugungen wurden, während Guineveres festeste Entscheidung bei einem Anflug von Missbilligung erzitterte. Er seufzte tief, während er über die Launen des weiblichen Geistes nachdachte.

Über ihnen erhoben die kahlen Bäume ein Geflecht aus Zweigen vor einem trüben Himmel, ein kalter Wind bewegte das Seggengras und ließ die trockenen Blätter flattern, die den ganzen Winter über in den Zaunecken gelegen hatten. Alles sah alt und abgenutzt und grau aus, sogar Mr. Opp, als er mit gesenktem Kopf und hochgezogenen Brauen an einer hageren, weißen Platane lehnte und mit seinem Problem rang

Plötzlich hob er den Kopf und lauschte, dann lächelte er. Im Baum über ihm war ein leises, aber lebhaftes Gespräch im Gange. Ein paar mutige Vögel hatten der Kälte und dem Wind getrotzt und waren zu ihrem alten Stelldichein zurückgekehrt, um auf den Beginn des Frühlings zu warten. Kein Hauch von Grün hatte die Erde gefärbt, aber ein paar winzige rosa Ahornknospen hatten das Geheimnis verraten, und die Vögel saßen kuschelig aneinander gekuschelt und planten in einer Ekstase gedämpfter Begeisterung die kommenden freudigen Tage.

Herr Opp hörte zu und verstand. Sie flüsterten alle über eine Sache, und er wollte auch darüber flüstern. Es war das einfache Thema der Liebe ohne Variationen – Liebe, minus Probleme, minus Komplikationen, minus Konsequenzen. Er holte sein kleines Briefpaket heraus und las es durch;

Dann streckte er sich, ungeachtet der Kälte, unter dem Baum aus und lauschte den Vögeln, bis die Dämmerung sie zum Schweigen brachte.

Als er endlich zu Hause ankam, begrüßte ihn Miss Kippy an der Tür mit einem freudigen Willkommensruf.

„D.“, sagte sie, während sie ihren Arm um seinen legte und ihre Wange seinen Ärmel rieb, „ich war brav. Ich habe meine Haare den ganzen Tag offen lassen, und Tante Tish macht mir ein langes Kleid wie eine Dame.“ Sie sah ihn schüchtern an und lächelte, dann zog sie seinen Kopf nach unten und flüsterte: „Wenn es mir sehr gut geht, kann ich dann Mr. Hinton heiraten, wenn ich groß bin?“

Auch Miss Kippy hatte dem Vogelgesang gelauscht.

XIII

Es WAR Mai, als Willard Hinton in der Bucht ankam und bei Mrs. Gusty wohnte. In der ersten Woche blieb er in seinem Bett, aber am Ende dieser Zeit konnte er auf die Veranda kriechen und unter dem Schutz einer dunklen Brille und eines schweren Schattens stundenlang in der Sonne sitzen. Der Verlust seiner gewohnten Umgebung, die Langeweile, die absolutes Nichtstun mit sich bringt, das Bewusstsein, dass das Licht von Tag zu Tag schwächer wird, alles zusammen stürzte ihn in abgründige Düsternis.

Er schreckte davor zurück, mit irgendjemandem zu sprechen, er runzelte die Stirn bei einem Anflug von Mitgefühl, er behandelte Mr. Opps freundliche Annäherungsversuche mit offener Unhöflichkeit. Da er glaubte, auf der Folterbank zu liegen, biss er die und beschloss, sich schweigend, aber ohne Zeugen, zu unterwerfen.

Ein endloser Tag folgte dem anderen, und zwischen ihnen lagen die schwarzen Streifen der Nacht, die schwer waren von der Andeutung einer bevorstehenden weiteren Dunkelheit. Wenn er nicht einschlafen konnte, ging er stundenlang in den Wald und spazierte, launisch, elend und krank bis ins Innerste vor Einsamkeit.

Das Einzige in der ganzen trostlosen Existenz, das in ihm einen Funken Interesse weckte, war seine Gastgeberin. Sie schenkte ihm die gleiche unpersönliche Aufmerksamkeit, die sie ihren Vögeln schenkte. Sie fütterte ihn, kümmerte sich um ihn und behandelte ihn, wie sie es für richtig hielt, und nachdem sie diese Pflichten erfüllt hatte, überließ sie ihn sich selbst und ging ihrer eigenen energischen Routine auf ihre eigene energische Art nach.

Hinton stellte bald fest, dass Mrs. Gusty temperamentvoll war. Ihre äußerst energische Natur erforderte sowohl einen emotionalen als auch einen körperlichen Ausgleich. Irgendwann im Laufe eines jeden Tages schwelgte sie in emotionalen Feuerwerken, , Empörungsraketen oder schmollenden und schmollenden Szenen.

Diese periodischen Wutanfälle wirkten auf sie wie Wein: Sie wärmten ihre Vitalfunktionen und machten sie fröhlich; Sie brachten sie dazu, fließend und eloquent zu sprechen. So wie ein Trinker jedes berauschende Getränk akzeptiert, so akzeptierte Mrs. Gusty jeden Grund, der sie aufwecken könnte. In bestimmten Abständen verlangten ihre Gefühle nach einem Stimulans, und dem Ruf der Natur folgend, ging sie hinaus und wurde wütend.

Hinton betrachtete diese Ausbrüche als die einzige Ablenkung in einer Reihe eintöniger Stunden. Er zählte die Ursachen auf und schloss mit sich selbst Wetten über deren Stärke und Dauer ab.

Währenddessen wirkten Sonne, Wind und Stille ihr Wunder. Hinton wurde durch einen kriegerischen alten Hahn mit der Natur bekannt gemacht, dessen hellenisches Gesichtsausdruck ihn auf den Namen Menelaos schließen ließ. Ein heftiger Kampf mit einem Brudergeflügel hatte unweigerlich an den großen Kampf mit Paris erinnert, und als Hinton nachforschte, stellte er fest, dass es sich bei der gesprenkelten um Helena von Troja handelte! Dies war nur der Anfang einer Reihe von Entdeckungen, und das Ergebnis war eine lebendige und pikante Version der griechischen Geschichte, die sich mutig über die Tradition hinwegsetzte und viele bisher ungeahnte Möglichkeiten aufzeigte.

Eines frühen Morgens, als Hinton lustlos im Hof umherwanderte, hörte er das Tor klicken, und als er aufblickte, sah er Mr. Opp mit einem großen Fliederstrauß in der einen und einem Kornett in der anderen Hand den Weg entlang eilen.

„Guten Morgen", sagte dieser Herr fröhlich. „Ich freue mich sehr, Sie draußen zu sehen und die Schönheiten der Natur zu genießen. Ich habe nur einen Moment Zeit, innezuhalten; Termin um Viertel nach acht. Wir planen bald ein Konzert oben in der Main Street und werden heute Nachmittag üben. Ich komme gerne für Sie vorbei, wenn Sie das Gefühl haben, einige bemerkenswerte, erlesene Gerichte genießen zu können."

Hinton nahm den angebotenen Blumenstrauß an, verzog aber bei der Einladung das Gesicht.

„Keines deiner Konzerte für mich", sagte er schroff. „Es würde meine eigene musikalische Aufgabe, mich mit der Unendlichkeit in Einklang zu bringen, zu sehr beeinträchtigen."

„Morgen, Mr. Opp", sagte Mrs. Gusty aus dem Esszimmerfenster. „Zu dieser Tageszeit haben nicht viele Redakteure Zeit, herumzustehen und zu reden."

„Ich habe nur einen Moment im Vorbeigehen innegehalten", sagte Herr Opp. „Ich wollte sehen, ob ich unseren jungen Freund hier nicht überreden könnte, uns einen ‚Artikel für ‚The Opp Eagle' zu geben." Irgendeine Natur, wissen Sie; Wir sind in unserem Geschmack immer großstädtisch. Ich dachte, er würde uns vielleicht einige seiner ersten Eindrücke von unserer Stadt erzählen."

Hinton lächelte und schüttelte den Kopf. „Du solltest heutzutage besser nicht meine Eindrücke über irgendetwas aufwühlen; Ich neige dazu, Schlamm zu spritzen."

„Wir können es aushalten", sagte Herr Opp freundlich. „Wenn Cove City Kritik und Zurechtweisung braucht, ist ‚The Opp Eagle' das Mittel, um sie auszuüben. Sie diktieren meinem Reporter ein paar Bemerkungen, und ich werde sie in der ersten Leitkolumne veröffentlichen."

Hintons Augen funkelten böse hinter seiner blauen Brille. „Ich gebe Ihnen einen Artikel", sagte er, „aber es darf kein Name unterschrieben werden."

Mr. Opp bedauerte die Bedingung, freute sich aber über das Versprechen und wollte gerade gehen, als Mrs. Gusty erneut am Fenster erschien.

„Was ist mit den Ölquellen los?" sie verlangte, während sie den Staub vom Fensterbrett wischte. „Warum öffnen sie sich nicht? Man kann schlechtes Wetter nicht länger als Ausrede benutzen."

„Am Wetter lag es nicht", sagte Herr Opp mit der selbstbewussten und souveränen Art eines Menschen, der mit der gesamten Situation vertraut ist. „Diese Verzögerung hier wurde mit einem bestimmten Zweck arrangiert. Ich und Mr. Mathews haben einen Plan, der letztendlich jedem Aktionär im Cove sechs zu eins für das einbringen wird, was er hineingesteckt hat."

„Beabsichtigen Sie, an ein Syndikat zu verkaufen?" fragte Hinton.

Mr. Opp sah ihn überrascht an.

"Nun ja; Es macht mir nichts aus, es euch beiden zu sagen, aber es darf nicht weiter gehen. Die in dieser Region sind so groß, dass wir nicht über genügend Kapital verfügen, um ihnen gerecht zu werden. Ich und Herr Mathews verhandeln derzeit mit mehreren großen Konzernen mit dem Ziel, das gesamte Unternehmen mit großem Gewinn zu verkaufen. Sie können sich nicht vorstellen, wie viel Taktik und Geduld es braucht, um einen dieser großen Deals abzuwickeln."

„Wer war dieser Mann, Clark, der letzte Woche hier unten war?" fragte Mrs. Gusty, die trotz ihres Willens beeindruckt war, dass sie von einem solchen Geschäftsmann ins Vertrauen gezogen wurde.

Mr. Opps Gesicht verfinsterte sich. „Das war eine sehr bedauerliche Sache mit Clark. Er wurde vom Union Syndicate der Stadt New York geschickt, um einen Bericht über die Region zu verfassen, und er hatte in dem Fall überhaupt nicht die richtigen Ideen. Wenn sie nicht einen so armen Mann geschickt hätten, wäre die ganze Angelegenheit vielleicht inzwischen geklärt."

„War sein Bericht nicht positiv?" fragte Hinton.

„Er hat es noch nicht geschafft", sagte Herr Opp; „Aber er ließ verschiedene beiläufige Bemerkungen zu mir fallen, die zeigten, dass er überhaupt kein Mann mit gutem Urteilsvermögen war. Ich ging mit ihm über das Gelände und zeigte ihm einige Stellen, an denen wir mit Bohren rechneten; Aber er war so damit beschäftigt, Messungen durchzuführen und sich Notizen zu machen, dass er nicht halb hörte, was ich sagte."

„Er hat in unserem Hotel übernachtet", sagte Mrs. Gusty. "Herr. Tucker sagte, er hätte ein so gemeines Gesicht gehabt wie noch nie zuvor."

"Wer hat das gesagt?" fragte Hinton.

Sie warf den Kopf zurück und warf ihm ihren Staubmantel zu, aber es war offensichtlich, dass sie nicht unzufrieden war.

„Übrigens, Herr Opp", sagte sie, „ich denke darüber nach, Guin-nie übernächste Woche nach Hause kommen zu lassen." Ich schätze, es tut dir nicht leid, das zu hören."

Im Gegenteil, Herr Opp war von Freude überwältigt. Die Briefe wurden immer unbefriedigender, und das von Mrs. Gusty vorgeschlagene Problem wartete immer noch auf eine Lösung.

„Wenn Sie nur das Datum erwähnen", sagte er und versuchte, auf seinem Gesicht nicht übermäßig viel Verzückung auszudrücken, „werde ich absichtlich eine Geschäftsreise nach Coreyville machen, um sie nach Hause zu begleiten."

Aber Mrs. Gusty lehnte es ab, sich explizit zu äußern. Sie hielt es für unklug, einem einfachen Mann zu erlauben, über ein bestimmtes Thema so viel zu wissen wie sie.

Hintons Leitartikel erschien in der nächsten Ausgabe von „The Opp Eagle". Es war eine kluge und bissige Satire auf die Eindrücke eines Ausländers, der zum ersten Mal Amerika besuchte. Hinton befragte sich selbst zu seinen Eindrücken von der Bucht. Er ging mit großer Ernsthaftigkeit an das Thema heran und behandelte dörfliche Kleinigkeiten wie kommunale Kanonenkugeln. Er jonglierte mit Sinn und Unsinn, mit Form und Substanz. Das Ergebnis schoss weit über die Köpfe der Landesabonnenten hinaus und traf eine Großstadttageszeitung ins Schwarze.

Die Aufregung von Herrn Opp war groß, als er herausfand, dass ein Leitartikel von The Opp Eagle" in einer New Yorker Zeitung kopiert worden war. Die Tatsache, dass es nicht sein eigenes war, trübte zu keinem Zeitpunkt die Herrlichkeit des Kompliments.

„Wir werden berüchtigt", sagte er jubelnd zu Hinton. „Es gibt, wenn überhaupt, nur wenige Zeitungen, die in weniger als einem Jahr ihren Einfluss bis zum Atlantischen Ozean ausgeweitet haben. Jetzt überlege ich, ob es nicht eine kluge und kluge Entscheidung wäre, Sie dauerhaft in den Stab zu holen – zumindest solange Sie hier sind. Natürlich verstehen Sie, dass ich ziemlich weit oben investiert bin; Aber ich wäre bereit, Ihnen einen Teil meines Ölvorrats als Bezahlung für Dienstleistungen zu überlassen."

Hinton schüttelte lachend den Kopf. „Wenn Ihnen das Material ausgeht, können Sie sich an mich wenden. Die Ehre, meine bescheidenen Bemühungen auf den Flügeln von „The Opp Eagle" tragen zu sehen, wird eine ausreichende Belohnung sein."

Nachdem Herr Opp es einst als einen Gefallen betrachtet hatte, der in seiner Macht stand, ließ er keine Gelegenheit aus, den aufstrebenden Autor um Beiträge zu bitten.

Als Hinton wieder zu Kräften kam, adoptierte Mr. Opp ihn als Schützling, indem er ihn zunächst bevormundete, dann um Rat fragte und schließlich offen an ihn appellierte. Denn während der langen Nachmittagsspaziergänge, die sie gemeinsam zu unternehmen pflegten, stellte Mr. Opp trotz seines Gepolters, seiner Prahlerei und seiner Ausflüchte fest, dass er ständig durch eine Frage, eine Anspielung oder eine Aussage seines jungen Freundes in Verlegenheit gebracht wurde. Es war das erste Mal, dass er jemals Schwierigkeiten hatte, den Kopf über den Wellen seiner eigenen Unwissenheit zu halten.

„Sehen Sie", sagte er eines Tages zur Erklärung, „mein Genie wurde in der frühen Jugend nie richtig unterrichtet." Manche halten es für ein bemerkenswertes Gehirn, das mit all den unterschiedlichen Unternehmungen, an denen ich mich beteiligt habe, zurechtkommt, ohne Anweisungen oder Führung, sondern nur mit den natürlichen Elementen, die Gott ihm am Anfang gegeben hat."

Aber trotz der nachsichtigen Haltung von Herrn Opp gegenüber seinen intellektuellen Mängeln war es offensichtlich, dass sich am heiteren seines Egoismus kleine Wolken der Demut zu sammeln drohten.

Hinton, der rastlos nach etwas suchte, um das Vakuum seiner Tage zu füllen, empfand Mr. Opp und seine Zeitung als wachsende Quelle der Ablenkung. „Der Opp-Adler", zunächst ein Objekt der Lächerlichkeit, wurde in seinem begrenzten Blickfeld allmählich zu einem interessanten Punkt. Auf seine Vorschläge hin wurde es erweitert und verbessert und veranlasst, Nachrichten zu veröffentlichen, die nicht ausschließlich lokal sind.

Herr Opp summte unterdessen so beharrlich und wirkungslos wie eine Fliege auf einer Fensterscheibe. In der Nacht vor Guineveres Rückkehr stellte er fest, dass es notwendig sein würde, die Nacht im Büro zu verbringen, um alles zu erreichen, was er sich vorgenommen hatte.

Das Konzert, für das das Unique Orchestra zwei Wochen lang die Nacht schrecklich gestaltet hatte, war gerade erfolgreich zu Ende gegangen, und der

Redakteur stapfte zu später Stunde mit der Aussicht auf ein paar Stunden den einsamen Weg zum Büro entlang ' Arbeit, die er erledigen bevor er sich auf der Bürobank eine wohlverdiente Ruhe gönnen konnte.

Er war überglücklich über seinen doppelten Triumph als Dirigent und Kornettsolist und noch immer begeistert von den mächtigen Tönen, die er seinem geliebten Instrument eingehaucht hatte.

Die Geige schluchzt, die Flöte klagt, die Trommel besteht darauf, aber das Kornett prahlt, und Mr. Opp fand, dass es das Instrument war, mit dem er sich am besten ausdrücken konnte.

Es war Mitternacht, und der Mond, der einen Moment lang hell schien und sich im nächsten Moment hinter einer fliegenden Wolke verschwand, ließ alle möglichen seltsamen Schatten zwischen den Bäumen hin und her huschen. Herr Opp glaubte einmal, dass er die Gestalt eines Mannes vor sich auf der Straße auftauchen und wieder verschwinden sah, aber er war so in freudige Erwartung des nächsten Tages vertieft, dass er dem Vorfall keine Beachtung schenkte. Als er am Gusty-Haus vorbeiging, wurde er durch den Anblick einer Gestalt, die sich heimlich an der Wand unter den Vorderfenstern entlang bewegte, jäh von Gefühlen in Misstrauen gestürzt.

Herr Opp kauerte hinter dem Zaun, um ihn zu , aber der Mond nutzte diesen ungünstigen Moment, um in einer Wolkenbank zu versinken, und der Hof blieb in Dunkelheit zurück. Kein Laut durchbrach die Stille außer dem fernen Bellen eines Hundes oder dem gelegentlichen Krächzen eines Ochsenfrosches. Herr Opp wartete und hörte in einem Zustand höchster Spannung zu. Plötzlich hörte er das unverkennbare Geräusch eines Fensters, das vorsichtig angehoben und dann ebenso vorsichtig gesenkt wurde. Er nahm all seinen Mut zusammen, umging den Hof und versteckte sich in den Büschen in der Nähe des Hauses. Nichts war zu sehen oder zu hören. Er hielt Ausschau nach einem Licht an einem der Fenster, aber es kam kein Licht.

Der überstürzte Wunsch, den Einbrecher im Alleingang zu fangen und sich so in den Augen von Guineveres Mutter zu profilieren, veranlasste Mr. Opp dazu, seine Knie zu versteifen und einen grimmigen und entschlossenen Gesichtsausdruck anzunehmen. Aber er war nur mit seinem Kornett bewaffnet, das als Angriffsinstrument oft tödlich war, aber nie als Verteidigungswaffe anerkannt wurde. Es schien keine Alternative zu geben, als Hinton zu und gleichzeitig einen Angriff von innen und außen durchzuführen.

Nachdem er ein paar erfolglose Kieselsteine gegen Hintons Fenster geworfen hatte, erinnerte sich Herr Opp an eine Leiter, die er hinten im

Scheunenhof gesehen hatte. Zitternd wie unter Fieber, aber mit unerschrockenem Mut machte er sich auf den Weg, um es zu besorgen.

Leider war eine andere Partei im Besitz. Ein Dutzend Perlhühner brüteten auf den Sprossen, und als er ihnen zu verstehen gab, dass sie räumen sollten, stießen sie einen Aufschrei aus, der die Begeisterung eines weniger tapferen Ritters gedämpft hätte.

Aber der romantische Charakter des Abenteuers hatte Mr. Opps Fantasie beflügelt. Er sah sich bereits dabei, wie er sich leicht die Hände abwischte, nachdem er den Eindringling erdrosselt hatte, und wie er Mrs. Gustys Sorge um seine Sicherheit weglächelte. In der Zwischenzeit taumelte er mit seiner Last zum Haus zurück, wich ängstlich jedem Schatten aus und war sich schmerzlich bewusst, dass sein Herz wie eine Tätowierung auf seinem Trommelfell schlug.

stellte die Leiter so leise wie möglich unter Hintons Fenster und begann vorsichtig den Aufstieg. Der plötzliche Ausbruch der Guineen hatte seine Nerven zum Zittern gebracht, und aufgrund seines atemlosen Zustands und seiner Neigung zu Schwindelgefühlen hatte er Schwierigkeiten, das Fensterbrett zu erreichen. Als es ihm endlich gelang, sah er im Licht des jetzt strahlenden Mondes die Gestalt Hintons am Fußende des Bettes liegen, angezogen, aber schlafend. Da die Öffnung nicht groß genug war, um ihn hineinzulassen, steckte er seinen Kopf hinein und flüsterte heiser durch seine klappernden Zähne:

„Hinton! Ich sage, Hinton, da ist ein Einbrecher im Haus!"

Hinton fuhr auf und starrte ausdruckslos auf die aufgeregte Erscheinung.

"Stille!" flüsterte Mr. Opp dramatisch und hob eine warnende Hand. „Ich habe den Schurken eine halbe Stunde lang verfolgt. Er ist jetzt im Haus. Wir werden ihn umzingeln. Wir werden ihn an Händen und Füßen binden. Du öffnest die Haustür und ich treffe dich draußen. Es ist alles geplant; Tu einfach, was ich sage."

Hinton, der zur Tür sprang, blieb mit der Hand auf dem Türknauf stehen. "Was ist das?"

Es waren Mrs. Gustys befehlende Töne aus einem Vorderfenster: „Er steht rund an der Seite des Hauses. Er war hinter meinen Guineen her! Ich sah ihn vor einer Minute mit einer Leiter über den Hof gehen. Erschieß ihn, wenn du kannst. Schieße ihm ins Bein, damit er nicht entkommen kann. Schnell! Schnell!"

Herr Opp hatte gerade noch Zeit, sich vom Fenster abzuwenden, als er spürte, wie die Leiter von unten erfasst wurde und heftig nach vorne gerissen wurde. Mit einem furchtbaren Krachen stürzte er damit zu Boden und geriet in einen engen Kampf mit dem vermeintlichen Einbrecher. In seiner aufgeregten Fantasie kam ihm sein Gegner wie ein Titan vor, mit Sehnen aus Stahl und Feueratem. Die Kämpfer wälzten sich auf dem Boden und kämpften um die Kehlen der anderen. Der Konflikt war zwar heftig, aber nur von kurzer Dauer. Als Hinton und Mrs. Gusty um die Ecke des Hauses stürmten, riefen die Kämpfer gleichzeitig: „Ich habe ihn!" und Mr. Opp öffneten ein geschwollenes Auge und blickten in die milden, aber blutigen Gesichtszüge des kleinen Mr. Tucker!

Mit dem Instinkt, der ihn immer dazu veranlasste, sich zu entschuldigen, wenn ihm jemand begegnete, zog er sofort seine Hände von Mr. Tuckers Kehle zurück und begann mit vehementen Erklärungen. Aber Mr. Tucker klammerte sich immer noch an seinen Kragen und stieß zornige Ausrufe aus. Mrs. Gusty, in eine Bettdecke gehüllt und mit ihrem Einhornhorn im wildesten Winkel, hielt die Lampe hoch, während Hinton zwischen den Streitenden hindurchstürmte.

Es folgten aufgeregte und zusammenhangslose Erklärungen, und erst als Herr Opp, der schlaff an einem Baum lehnte, wieder zu Atem kam, wurde das Geheimnis geklärt.

„Wenn Sie mir nur einen Moment zuhören würden", flehte er und hielt sich ein Taschentuch an sein verletztes Gesicht. „Wir alle leiden unter einem schwerwiegenden Fehler. Ich glaube, dass es hier derzeit überhaupt keinen Einbrecher gibt. Mr. Hinton vergaß seinen Schlüssel und musste das Fenster klettern. Ich verwechselte ihn mit dem Einbrecher, und Mrs. Gusty hier hielt mich, wie sie erzählt, für ihn, und ohne zu wissen, dass Mr. Hinton hereingekommen war, rief sie unseren Freund Mr. Tucker an, und man könnte sagen, ich und Mr. Tucker , im Allgemeinen, sich gegenseitig mit ihm verwechselt zu haben."

„Ein ziemliches Durcheinander, in das wir alle geraten müssen!" rief Frau Gusty aus. „Ein Mann machte einst sein Vermögen, indem er sich um sein eigenes Geschäft kümmerte."

„Aber, Mrs. Gusty –", begann Mr. Opp empört.

Hinton unterbrach ihn. „Du solltest lieber etwas auf dein Auge legen. Am Morgen wird es wahrscheinlich einem Whistler-Nocturne ähneln. Wonach suchst du?"

Es stellte sich heraus, dass es sich bei dem verlorenen Objekt um das geschätzte Kornett von Herrn Opp handelte, und die Partei vereinte sich in einer gemeinsamen Sache und beteiligte sich an der Suche. Es verging einige Zeit, bis das Horn unter der umgestürzten Leiter gefunden wurde, nachdem es innere Verletzungen erlitten hatte, die später tödlich endeten.

Als die Morgendämmerung in das schmuddelige Büro von „The Opp Eagle"
hereinbrach, hielt der Redakteur Ausschau. Er wartete darauf, den Tag zu
begrüßen, der Guinevere zurückbringen würde . So wie Hope sich mit
verbundenen Augen über ihre Harfe beugt und der schwachen Musik ihrer
einzigen intakten Saite lauscht, so beugte sich Mr. Opp mit verbundenem
Kopf über sein beschädigtes Horn und rief klagend den einzigen Ton hervor,
der noch darin übrig war.

XIV

Wer die schüchterne Göttin des Glücks durch die Labyrinthe des Lebens verfolgt hat, weiß genau, wie sie ihr Opfer von Punkt zu Punkt einlädt, nur um am Ende der Gefangennahme zu entgehen . Herr Opp erhob sich mit jedem Sommeranbruch strahlend, zuversichtlich und erwartungsvoll, und jede Nacht saß er mit angezogenen Knien und hochgezogenen Brauen an seinem Fenster und kämpfte mit dieser alten bleichen Angst.

Zwei Plünderer belästigten den Redakteur dieser Tage, verfolgten seine Schritte und attackierten ihn aus dem Hinterhalt. Einer war der Wolf, der an der Tür heulte, und der andere war das Monster mit grünen Augen.

Seit den glücklichen Tagen, die Miss Guinevere Gusty zurück an die Küste der Bucht geführt hatten, hatte Mr. Opp keine ruhige Stunde ohne ihre Anwesenheit verbracht. Sein Gemüt war zwar unempfindlich gegen die wiederholten Schicksalsschläge, war aber nicht gegen die zersetzende Wirkung der Eifersucht gefeit.

Wenn er Willard Hinton als einen verhassten Rivalen hätte betrachten und ihm in einem fairen und offenen Kampf begegnen können, wäre die Situation einfacher gewesen. Aber Hinton war der Freund seiner Brust, der Mann, der, wie er der Stadt erklärt hatte, „die großartigste Intelligenz besaß, die ihm jemals in einem menschlichen Geist begegnet war". Er bewunderte ihn, er respektierte ihn und vertraute ihm, ganz im Gegensatz zu den Gefühlen, die ihn überwältigten.

Über den Geisteszustand von Miss Guinevere Gusty erlaubte sich Herr Opp nur eine Meinung. Er bestritt entschieden, dass sie geistesabwesend und lustlos war, wenn sie mit ihm allein war; Er weigerte sich, seinen eigenen Augen zu trauen, als er ein Licht in ihrem Gesicht sah, als sie Hinton ansah, das nie für ihn da war. Er zog es vor, ihre Süße, ihre Sanftmut, ihre Loyalität zu übertreiben, nichts zu verlangen und weiterhin alles zu geben.

Sein ganzes zukünftiges Glück, versicherte er sich, hing von der einen Frage der kleinen Miss Kippy ab. Vier Monate lang war das Problem Gegenstand täglicher, gebeterfüllter Überlegungen, aber er tappte immer noch im Dunkeln.

Als er mit Guinevere zusammen war, schien die Lösung einfach zu sein. Indem er ihr die Schwierigkeiten wegerklärte, erklärte er sie auch sich selbst. Es sei nur eine Frage der Zeit, erklärte er, bis die Ölquelle reiche Gewinne abwerfen würde. Als dieser Zeitpunkt gekommen war, würde er zwei Etablissements unterhalten, das alte für Miss Kippy und ein neues und elegantes für sich. Herr Opp nutzte das Loch im Boden als Teleskop, durch das er die Sterne der Zukunft betrachten konnte.

zu lösen – das, über die Runden zu kommen –, schien die Zukunft völlig von der großen, leeren Wand der Welt ausgeblendet zu sein das Geschenk.

Die Sache wurde durch die Veränderung, die Miss Kippy selbst erlebt hatte, in gewisser Weise kompliziert. Zwei Ideen deprimierten und begeisterten sie abwechselnd. Das erste war eine feste Abneigung gegen das Foto von Miss Guinevere Gusty, das Mr. Opp in einen großen handgemalten Rahmen gesteckt und auf seiner Kommode angebracht hatte. Zuerst saß sie davor und weinte, später versteckte sie es und weigerte sich tagelang, zu sagen, wo es war. Der Anblick machte sie so unglücklich, dass Herr Opp gezwungen war, es unter Verschluss zu halten. Die andere Idee hatte eine andere Wirkung. Es hatte mit Hinton zu tun. Seit seinem Besuch hatte sie von kaum etwas anderem gesprochen. Sie tat so, als käme er jeden Tag zu ihr, breitete ihr Puppengeschirr aus, wiederholte Ausschnitte seiner Unterhaltung und spielte die Ereignisse des Abendessens nach, bei dem er anwesend gewesen war. Die kurzen Gingham-Kleider gefielen ihr nicht mehr; Sie wollte lange, mit fließenden Ärmeln wie die blaue Merinowolle. Sie band ihre Haare in allen möglichen fantastischen Formen zusammen und stand lächelnd und stundenlang vor dem Glas. Aber es gab Zeiten, in denen ihr Geist für einen Moment beim Normalen innehielt und sie dann verängstigte, verwirrte Fragen stellte, und nur Mr. Opp konnte sie beruhigen und beruhigen.

„D.", sagte sie eines Abends plötzlich, „wie alt bin ich?"

Mr. Opp, dessen gesamte geistige und körperliche Kraft darauf konzentriert war, seinem alten Hut ein neues Band zu verpassen, war überrascht. „Sechsundzwanzig", antwortete er geistesabwesend.

Ein kleiner Schrei brachte ihn an ihre Seite.

„Nein", flüsterte sie und zitterte vor ihm, klammerte sich aber dennoch an seinen Ärmel, „das ist eine erwachsene Dame!" Damen spielen nicht mit Puppen. Aber ich möchte auch erwachsen sein. D., warum bin ich anders? Ich möchte eine Dame sein; Zeig mir, wie man eine Dame ist!"

Mr. Opp nahm sie zusammen mit seinem Hut, einer Schere und einer Garnrolle in seine

„Nicht, Kippy!" er bat. „Jetzt weine doch nicht so! Du kommst elegant voran. Hat Bruder D. Ihnen in Ihrem ersten Lesebuch nicht beigebracht, viele Stücke zu lesen? Und beginnen wir nicht als nächstes mit dem Schreiben von Hand? Hättest du nicht gerne eine Schiefertafel und einen Schwamm zum Ausreiben?"

Plötzlich schlug ihre Stimmung um.

„Und ein Korb?" sie weinte eifrig. „Die Kinder tragen auch einen Korb. Ich sehe sie, wenn ich durch die Fensterläden schaue. Kann ich auch einen Korb haben?"

Das Netzwerk der Komplexität, das Mr. Opp umgab, wirkte sich offenbar mehr auf seinen Körper als auf seinen Geist aus. Er schien zu schrumpfen und zu schrumpfen, je mehr der Druck zunahm; aber das Feuer in seinen Augen leuchtete heller als zuvor.

„Keiner von seinen Leuten wird länger als vierzig", sagte Mrs. Fallows traurig; „Sie brennen sich irgendwie selbst aus."

Hinton hingegen, der sich überhaupt nicht darüber im Klaren war, dass er teilweise die Ursache für die seismische Störung im Redaktionsbusen war verfolgte die eintönige Routine seiner Tage. Er hatte nur kurze Zeit gebraucht, um sich an die Veränderungen zu gewöhnen, die die Rückkehr der Tochter des Hauses mit sich gebracht hatte. Er hatte ihre Ankunft mit der Angst erwartet, die ein nervöser Kranker immer vor allem empfindet, was ihn aus seinem gewohnten Trott reißen könnte. Er erinnerte sich schaudernd an ihre musikalischen Leistungen und sah mit Schrecken die lärmende Menge junger Leute voraus, die sie um das Haus bringen würde.

Aber Guinevere war an ihre Stelle geschlüpft, ein zerstreutes, verträumtes, distanziertes Mädchen, das nichts behauptete, nichts beanspruchte und sich wie eine Blume in den heftigen Winden des Zorns ihrer Mutter beugte.

Hinton beobachtete, wie der dominierende Einfluss jeden Keim der Individualität erstickte, den das Mädchen zu zeigen wagte, und beschloss, einzugreifen. Während der langen Monate, die er mit Mrs. Gusty verbracht hatte, hatte er einen Weg gefunden, mit ihr umzugehen. Die Schwachstelle in ihrer Rüstung war der Stolz ihres Intellekts; Sie erkannte keinen Mann ihren Vorgesetzten an. Durch die Verwendung bildlicher Sprache und Verweise auf esoterische Themen gelang es ihm immer, sie zu verblüffen und zum Schweigen zu bringen. Seine Freude daran, mit ihr in einem ihrer Launen umzugehen, war vergleichbar mit der Freude, ein Katzenboot bei stürmischem Wetter zu steuern. Beide Erfahrungen führten zu seiner männlichen Vormachtstellung.

An einem heißen Augusttag hatten er und Mrs. Gusty gerade eine ungewöhnlich scharfe Runde gehabt, aber es war ihm gelungen, sie durch abwechselndes Kompliment und Sarkasmus in einen sehr frustrierten und verwirrten Zustand zu versetzen.

Es war Sonntag, der Tag, den die Bucht zum spirituellen Waschtag gewählt hatte. Morgens wurden die Sitten der Gemeinde im Versammlungshaus geschrubbt und abgespült, und nachmittags wurden sie zum Trocknen auf die Leine gehängt. Die Familienoberhäupter saßen in ihren Vorgärten und kümmerten sich pflichtbewusst um die Kinder, während ihre Frauen von Haus zu Haus huschten, die Kranken und Leidenden besuchten und die Straftäter warnten. Es war ein Tag, an dem Mrs. Gustys Seele schwelgte, und sie verlangte, dass Guineveres Seele ebenfalls schwelgen sollte.

Mit der Entschlossenheit, dass Guinevere gelegentlich das Privileg erhalten sollte, ihren eigenen Neigungen zu folgen, stürzte sich Hinton in die Bresche.

„Ich gehe, Mutter", sagte Guinevere; „Aber es ist so heiß. Letzten Sonntag haben wir alle besucht. Ich dachte, ich bleibe lieber zu Hause und lese, wenn es dir nichts ausmacht."

Mrs. Gusty warf angewidert den Kopf zurück und wandte sich an Hinton.

„Ist das nicht ein Gusty für dich? Ich habe noch nie jemanden gesehen, der sich nicht auf den Beruf des Lebens einlassen wollte. Trübselt immer mit der Nase in einem Buch herum. Ich war nie ein Leser, kann mich nie erinnern, in meinem Leben auch nur eine Stunde mit einem Buch verschwendet zu haben, und doch habe ich nie die Zeit erlebt, in der ich nicht in der Lage gewesen wäre, mit irgendeinem Gusty-Leben mitzuhalten."

„Kurz gesagt", sagte Hinton mitfühlend, „um einen bekannten Schriftsteller zu zitieren: Sie haben es nie für notwendig gehalten, dem Zufall des Gehirns den Vorfall des Lernens hinzuzufügen."

Mrs. Gusty band ihre Haubenschnüre zu einem festeren Knoten zusammen, während sie ihn unsicher ansah, dann stürmte sie aus dem Haus, ohne sich dazu herabzulassen, einen weiteren Blick in Richtung ihrer Tochter zu werfen, die gerade die Treppe hinauf verschwand.

Hinton blickte auf seine Uhr; es war noch nicht einmal zwei Uhr. Der Nachmittag drohte ein Vorgeschmack auf die Ewigkeit zu werden. Er ging auf die Veranda und legte sich in die Hängematte, die Hände vor den Augen verschränkt. Er konnte weder lesen noch schreiben. Der Arzt sagte, die Dunkelheit könne jetzt jederzeit hereinbrechen, danach werde der Versuch einer Operation gemacht und die Chance auf eine teilweise Wiederherstellung des Sehvermögens bestehe bei eins zu hundert.

Nachdem er sich gegen die Gitterstäbe des Schicksals geschlagen und verletzt hatte, lag er nun erschöpft und passiv in der Macht seines Gefängniswärters. Er hatte versucht, sein eigenes Leben auf seine eigene Weise zu führen, und die Angelegenheit war aus der Hand genommen worden. Er musste jetzt still liegen und auf Befehle vom Hauptquartier warten. Die Worte von Mr. Opp, die er in dem seltsamen alten Speisesaal mit der niedrigen Decke gesprochen hatte, kamen ihm lebhaft in den Sinn: „Worum es bei dem Kampf geht oder auf welche Weise der General alles in Ordnung bringen will." Ende ist, meiner Schlussfolgerung nach, kein Teil unseres Geschäfts."

Und Hinton hatte nach einem Jahr der Rebellion, des Kampfes und der Verzweiflung endlich einen überlegenen Offizier anerkannt und sich bereit erklärt, alle Befehle zu befolgen, die ihm kamen.

Während er in der Hängematte lag, drehte er bei jedem Geräusch im Haus den Kopf und lauschte. Er war erstaunlich abhängig von einer sanften, gedehnten Stimme, die ihm Tag für Tag stundenlang vorlas. Guineveres Hilfsangebote hatte er zunächst mit launischer Gereiztheit aufgenommen.

„Beten Sie, kümmern Sie sich nicht um mich", hatte er gesagt. „Ich bin durchaus in der Lage, für mich selbst zu sorgen; Außerdem bin ich gern allein."

Aber ihr unaufdringliches Mitgefühl und kindliche Offenheit besiegten bald seinen Stolz. Sie las ihm aus Büchern vor, die sie nicht verstand, spielte Spiele mit ihm und zeigte ihm neue Spaziergänge im Wald. Und nebenbei offenbarte sie ihm ihre kämpfende, hungernde, wehmütige Seele, die niemand sonst jemals entdeckt hatte.

Sie sprach nie mit ihm über ihre Liebesaffäre, sondern beschäftigte sich vage mit den Tugenden der Pflicht, der Loyalität und der Selbstaufopferung. Die Fakten in diesem Fall wurden von Frau Gusty geliefert.

Hinton schaute erneut auf die Uhr und stöhnte, als er feststellte, dass es erst Viertel nach zwei war. Er tastete sich vorsichtig seinen Weg entlang der Veranda und die Stufen hinunter und bewegte sich müßig im Hof umher. Er konnte Menelaos jetzt nicht mehr von Paris unterscheiden, und Helena von Troja war nicht mehr zu erkennen.

In langen Abständen ratterte ein Fahrzeug vorbei und hinterließ eine Staubwolke. Die Luft flimmerte vor Hitze und das leise, eindringliche Summen der Bienen schlug gnadenlos in seine Ohren. Er fragte sich ungeduldig, warum Guinevere nicht herunterkam, dann hielt er sich zurück, als ihm die ständigen Anforderungen einfielen, die er an ihre Zeit stellte.

Um drei Uhr hielt er es nicht mehr aus. Er verspürte ein seltsames, dumpfes Gefühl in seinem Kopf und fuhr sich ständig mit der Hand über die Augen, um den Eindruck eines Nebels vor ihnen zu vertreiben.

„Oh, Miss Guinevere!" rief er zu ihrem Fenster hinauf. „Würde es Ihnen etwas ausmachen, nur für eine Weile herunterzukommen!"

Guineveres Kopf erschien so plötzlich, dass es offensichtlich war, dass er auf dem Fensterbrett gelegen hatte.

„Ist es Zeit für Ihre Medizin?" fragte sie schuldbewusst. „Mutter sagte, es sei erst um vier gekommen."

„Oh nein", sagte Hinton mit gezwungener Fröhlichkeit; „Das ist es nicht. Du erinnerst dich doch an das alte Lied: „Wenn ein Mann Angst hat, ist ein schönes Mädchen ein erfreulicher Anblick.""

Sie verschwand aus dem Fenster und gesellte sich gleich zu ihm hinter den Geißblattschirm auf der Veranda. Die Hängematte hing und lud zum Entspannen ein, aber keiner von ihnen nahm sie. Sie saß adrett auf dem grünen Sofa mit gerader Lehne, und er saß auf der Stufe zu ihren Füßen und hatte den Hut über die Augen gezogen.

„Was für eine höllische Plage ich für dich gewesen bin!" sagte er reumütig; „aber nicht mehr, als ich für mich selbst gewesen bin. Der einzige Unterschied war, dass ich es ertragen musste, und du hast es aus der Güte deines kleinen, gütigen Herzens überstanden. Nun, es ist jetzt fast vorbei; Ich gehe davon aus, jeden Tag in die Stadt zu gehen. Ich schätze, es wird Ihnen nicht leid tun, mich loszuwerden, oder, Miss Guinevere?"

Anstatt zu antworten, holte sie kurz Luft und wandte den Kopf ab. Als sie sprach, war es nach einer langen Pause.

„Mir gefällt die Art, wie du meinen Namen sagst. So etwas sagt hier unten niemand."

„Guinevere?" er wiederholte.

Sie nickte. „Wenn man es so sagt, kommt es mir vor, als wäre ich ein anderer Mensch. Es lässt mich an Blumen denken, an Poesie, an den Wind in den Bäumen und an all die Dinge, ich Ihnen aus Ihren Büchern vorgelesen habe. Guin-never und Guinevere scheinen überhaupt *nicht* gleich zu sein, oder?"

„Sie sind nicht dasselbe", sagte er, „und du bist nicht dasselbe Mädchen, das ich letzten März auf dem Boot getroffen habe." Ich schätze, wir sind seitdem beide ein bisschen gewachsen. Du weißt, dass ich zu dieser Zeit ziemlich daran interessiert war zu sterben – ‚verliebt in den leichten Tod' – nun, jetzt bin ich an nichts mehr interessiert, aber ich bin bereit, das Spiel auszuleben."

Sie saßen eine Weile schweigend da, dann sagte er langsam, ohne den Blick zu heben: „Ich kann nicht gut sagen, was ich fühle, aber bevor ich gehe, möchte ich, dass Sie wissen, wie sehr Sie mir geholfen haben." Du warst das einzige Licht, das mir noch den Weg in die Dunkelheit zeigte."

Eine sanfte Berührung seiner Schulter ließ ihn den Kopf heben. Guinevere beugte sich zu ihm, alle Zurückhaltung war aus ihrem Gesicht verbannt durch das Mitgefühl und die Liebe, die es ausstrahlte.

„„Oh mein Gott, es ist gekommen‴

Instinktiv schwankte er auf sie zu, das Verlangen, dass sie plötzlich aufschrie, scharf zusammen, steckte die Hände entschlossen in die Taschen, stand auf und ging auf der Veranda auf und ab.

„Macht es Ihnen etwas aus, mir ein wenig vorzulesen?" fragte er ausführlich. „Ich habe heute vierzig Teufel im Kopf, die mir alle auf die Rückseite meiner Augäpfel hämmern. Ich hole meinen Tennyson; Du magst ihn mehr als die anderen. Warten; Ich gehe."

Aber sie war schon vor ihm die Treppe hinauf, wollte unbedingt dienen und war entschlossen, ihm jede Mühe zu ersparen.

Den ganzen Nachmittag über las Guinevere, stolperte über die seltsamen Wörter und stockte durch die schwierigen Passagen, war aber voller Lebendigkeit angesichts der Schönheit und des Pathos des Ganzen. Sie las weiter und weiter, und die Sonne ging unter, und der Duft sterbender

Heuschreckenblüten wehte schwach vom Hügel, und über ihnen in den Baumwipfeln murmelte die Abendbrise ihre weltalte Klage über Einsamkeit und Sehnsucht.

Plötzlich stockte Guineveres Stimme, dann beruhigte sie sich, dann stockte sie erneut, dann warf sie ohne Vorwarnung ihre Arme über die Rückenlehne der Bank, ließ ihren Kopf darauf sinken und brach in leidenschaftliches Schluchzen aus

Hinton, der schon lange dagesessen und die Hände vor die Augen gedrückt hatte, sprang auf, um zu ihr zu gehen.

„Guinevere“, sagte er, „was ist los? Weine nicht, Liebes!“ Dann, als er stolperte, huschte ein Ausdruck des Entsetzens über sein Gesicht und er klammerte sich hilfesuchend an das Geländer. "Wo bist du?" fragte er scharf. "Sprechen Sie mit mir! Gib mir deine Hand! Ich kann nicht sehen – ich kann nicht – oh mein Gott, es ist gekommen!“

XV

Die WARNUNG , die Mrs. Fallows zu Beginn des Ölbooms ausgesprochen hatte, wurde von vielen noch vor dem Ende des Sommers wiederholt. Das Kälteste auf der Welt ist ein erschöpfter Enthusiasmus, und als Wochen zu Monaten wurden, Banknoten fällig wurden und die Bank bei der Kreditvergabe vorsichtig wurde, breitete sich ein Geist des Misstrauens aus, und ein finanzieller Frost breitete sich über die Gemeinschaft aus.

Ungeachtet dieser Bedingungen schrie „The Opp Eagle" beharrlich nach Wohlstand. Es führte die örtliche Depression auf die Finanzkrise zurück, die das ganze Land erschüttert hatte, und versicherte den Lesern, dass die Bucht am Vorabend der größten Periode ihrer Geschichte stehe.

„Die aufsteigende, hochfliegende Blase überhöhter Preise kann nicht mehr lange anhalten", hieß es in einem Leitartikel; „Die Finanzkrise an den Wall Streets des Nordens war im Großen und Ganzen schon längst vorbei, bevor wir uns dessen bewusst wurden. „The Opp Eagle" hat in der Vergangenheit, Gegenwart und Zukunft einen edlen Krieg gegen die Katastrophenhäher geführt. Ob Panik oder nicht, Cove City weigert sich, im Hintergrund zu bleiben. In diesem Büro gab es in den letzten zehn Tagen einen großen Auftrag für Job-Work, außerdem mehrere neue und wichtige Abonnenten, was für schwierige Zeiten, zumindest aus unserer Sicht, kein besonders gutes Zeichen ist ."

Aber in derselben Ausgabe standen in einer unauffälligen Ecke ein paar Zeilen mit dem Inhalt: „Der Herausgeber würde gerne eine Ladung Holz im Abonnement nehmen."

Die Wahrheit war, dass die gesamte Diplomatie von Herrn Opp erforderlich war, um der Situation gewachsen zu sein. Der Versuch, seinen eigenen Verpflichtungen nachzukommen, wurde von Tag zu Tag , und er wurde auf Sparmaßnahmen reduziert, die völlig unter der Würde des Herausgebers von „The Opp Eagle" lagen. Aber während er seine Ernährung fröhlich auf zwei Mahlzeiten am Tag beschränkte und Hemden anstelle des Originalartikels trug, war er, Nicks Vorstellung zufolge, in anderer Hinsicht voreilig extravagant.

„Wofür sind Sie hingegangen und haben die Ölaktien von Widow Green zurückgekauft?" fragte Nick bei einer dieser Gelegenheiten.

„Nun, sehen Sie", erklärte Herr Opp, „es war ein rein geschäftliches Vorhaben." Jeden Tag können sich die Dinge auf eine Weise öffnen, die Sie überraschen wird. Ich habe guten Grund zu der Annahme, dass diese Aktien zwangsläufig steigen werden. und außerdem", fügte er lahm mit gedämpfter

Stimme hinzu, „wusste ich zufällig, dass diese Dame dringend etwas Bargeld brauchte."

„Wir auch", protestierte Nick; „Wir brauchen jeden Cent, den wir für die Zeitung bekommen können. Wenn wir bis Anfang des Jahres nicht ein Stück weiterkommen, gehen wir unter, soviel Sie leben."

Herr Opp legte eine Hand auf seine Schulter und lächelte tolerant. „Finanziers gewöhnen sich an diese Schwankungen in den Geldkreisen. Mach dir keine Sorgen, Nick; Das überlassen Sie den größeren Köpfen im Konzern."

Doch trotz seiner überlegenen, zuversichtlichen Haltung gingen ihm Nicks Worte im Kopf herum, und der Jahresanfang wurde zu einer Zeit, an die er lieber nicht dachte.

Eines Tages im September brachte das Postpaket zwei Briefe von großer Bedeutung an Herrn Opp. Der eine war von Willard Hinton, der erste seit seiner Tätigkeit, und der andere war von Mr. Mathews und erklärte, dass er an diesem Tag in der Bucht ankommen würde, um den Aktionären der Turtle Creek Land Company eine wichtige Geschäftsangelegenheit vorzulegen.

Mr. Opp eilte über die Straße, in jeder Hand einen Brief, um Guinevere die Neuigkeit mitzuteilen.

„Es ist so gut wie geklärt", rief er und stürmte zu ihr, wo sie an der Seitentür saß und mit ein paar Handarbeiten kämpfte. "Herr. Mathews wird heute hier sein. Entweder wird er seine Arbeit eröffnen oder an ein Syndikat verkaufen. Ich werde meinen ganzen Einfluss für Letzteres einsetzen; Es ist der sicherste und sicherste Plan. „Miss Guin-never", seine Stimme wurde sanfter, „das ist alles, worauf ich gewartet habe, um meine letzte und endgültige Vereinbarung mit Ihrer Mutter zu treffen. Erst gestern hat sie mich gefragt, was ich beschlossen habe, und es macht mir nichts aus, es dir zu sagen, jetzt ist alles vorbei, ich bin die ganze letzte Nacht nicht ins Bett gegangen, sondern habe nur dagesessen und versucht, es herauszufinden. Aber das wird die Sache klären. Ich werde in der Lage sein, ein eigenes kleines Zuhause zu haben und mich auch um Kippy zu kümmern. Ich weiß nicht, ob ich jemals in meinem ganzen Leben zuvor so glücklich war." Er lachte nervös, aber sein Blick musterte ängstlich ihr abgewandtes Gesicht.

„Dann gibt es noch weitere Neuigkeiten", fuhr er fort, als sie nichts sagte — „einen Brief von Mr. Hinton. Ich dachte, vielleicht würdest du gerne hören, was er zu sagen hat."

Guineveres Schere fiel mit einem scharfen Klang auf den Trittstein darunter, und als sie sich beide bückten, um sie zu holen, berührten sich ihre Finger.

Mr. Opp ergriff leidenschaftlich Hand mit seinen beiden, aber unglücklicherweise ergriff er auch ihre Nadel.

„Oh, es tut mir so leid!" Sie sagte. „Warte, lass es mich tun", und mit einem Mitgefühl, das er für geradezu göttlich hielt, zog sie die Nadel heraus und tröstete das verwundete Glied. Herr Opp hätte gerne das Schicksal eines heiligen Sebastian erlitten, um solche Sympathie hervorzurufen.

„Ist – geht es Mr. Hinton besser?" fragte sie und beugte sich immer noch über seine Hand.

„Hinton?" fragte Herr Opp. „Oh, ich habe es vergessen; Ja. Ich werde dir vorlesen, was er sagt. Er ließ seine Krankenschwester dies für ihn schreiben.

LIEBER OPP : Die Würfel sind gefallen; Ich bin ein Gewesener. Ich habe nichts erwartet und bin daher nicht enttäuscht. Sie nannten die Operation erfolgreich. Mir wurde gesagt, dass der Chirurg einen sehr brillanten Trick gemacht hat; So etwas wie das Herausnehmen meiner Augen, das Spielen mit Murmeln und das Wiedernähen, alles in dreieinhalb Minuten. Das Ergebnis für den Patienten ist natürlich nur von untergeordneter Bedeutung, aber es könnte Sie interessieren, dass ich einen Zweibeiner von einem Vierbeiner unterscheiden kann und mit der Zeit mit Hilfe einer starken Brille in der Lage sein werde Gesichter zu unterscheiden .

Mit diesen nützlichen und abwechslungsreichen Erfolgen habe ich beschlossen, in die Bucht zurückzukehren. Mein bescheidener Ehrgeiz besteht jetzt darin, aus dem Weg zu gehen, und der sicherste Plan besteht darin, mich aus der Strömung herauszuhalten.

Wenn ich zurückkomme, wirst du wahrscheinlich ein Benedikt sein. Meine herzlichsten Glückwünsche an Sie und Miss Guinevere. Mit Worten kann man keinem von euch für das danken, was ihr für mich getan habt. Ich kann nur sagen, dass ich versucht habe, Ihrer Freundschaft würdig zu sein.

Was von mir übrig ist, ist

Dein,

WILLARD HINTON."

Mr. Opp vermied es, sie anzusehen, während er die Blätter faltete und sie zurück in den Umschlag steckte. Das Ziel lag klar vor seinen Augen, aber Treibsand schleifte vor seinen Füßen.

„Und er *wird* feststellen, dass wir verheiratet sind, nicht wahr, Miss Guin – niemals? Du bist bereit, sobald ich und deine Mutter zu einer Einigung kommen, nicht wahr? Nun, es kommt mir eher wie elf Jahre vor als elf Monate, seit du und ich diesen Sonnenuntergang am Fluss gesehen haben! Es gab seitdem keinen Tag mehr, an dem Sie sich nicht beschäftigt hätten.

Alles, worum ich in der Welt bitte, ist die Chance, für den Rest meines Lebens zu versuchen, dich glücklich zu machen. Das glauben Sie doch, nicht wahr, Miss Guin-nie?"

„Ja", sagte sie kläglich und blickte auf die kleine Laube, die Hinton für sie unter den Bäumen gebaut hatte.

„Nun, ich werde heute Abend nach dem Treffen vorbeikommen, wenn es nicht zu spät ist", sagte Herr Opp. „Sie werden – Sie werden – froh sein, wenn alles zu einem zufriedenstellenden Ergebnis führt, nicht wahr?"

„Ich freue mich über alles Gute, das Ihnen widerfährt", sagte Guinevere so ernst, dass Mr. Opp, der sich sein ganzes Leben lang von Krümeln ernährt hatte, sie dankbar ansah und ins Büro zurückkehrte, um sich selbst zu versichern, dass alles gut war wäre gut.

Obwohl der Besuch von Herrn Mathews mit Spannung erwartet wurde, hätte er nicht auf einen weniger glückverheißenden Tag fallen können. Tante Tish, die Schiedsrichterin des Opp-Haushalts, hatte schon Wochen geplant, Coreyville einen Besuch abzustatten, und der Anlass einer passenden Beerdigung lieferte sofort einen Vorwand.

„Nein, *Sir*, Herr D., ich kann den Kontakt nicht auf morgen verschieben", erklärte sie als Antwort auf Herrn Opps Bitte, bis nach der Aktionärsversammlung bei Miss Kippy zu bleiben. „Ich habe genug Blut, um mit dem Nachtboot mitzufahren. Die Beerdigung findet um zehn Uhr in der Kirche statt, und ich muss aufpassen, dass ich nicht schwimmen muss.

„War er ein besonderer Freund, der gestorben ist?" fragte Herr Opp.

„Freund? Etagenbetten? Das ist das einzige, nichtsnutzige alte Halbsieb? Nein, Sir; Er ist kein Freund von mir."

„Nun, was macht es für Sie so dringlich und besonders, an seiner Beerdigung teilzunehmen?" fragte Herr Opp.

„Weil ich ihn so verachte. Ich hasse diesen Nigger schon seit fast vierzig Jahren, und ich werde die Angst nicht verlieren, ihn begraben zu sehen.

„Aber, Tante Tish", beharrte Mr. Opp ungeduldig, „ich habe heute Nachmittag eine sehr wichtige und kritische . Das betreffende Geschäft kann innerhalb weniger Minuten abgewickelt werden, und dann kann es sich wiederum über mehrere aufeinanderfolgende Stunden erstrecken. Du musst bei Kippy bleiben, bis ich nach Hause komme."

Die alte Frau sah ihn seltsam an. „Siehst du das Loch in meinem Haar, Schatz? „Mitglied, wie du und Ben Uster Tante Tish gefragt haben, was Mek getroffen hat?" Der Nigger Bunk Bivens wurde von einem Mek-Hit getroffen. Er war ein Räuber auf der Straße, und ihm und dir fiel die Pfote aus, und eines Nachts, als du noch ein Baby warst, folgte er deiner Pfote hierher, und ich und er schlugen zu."

„Aber wo war mein Vater?" fragte Herr Opp.

„Dey hat gerade in der Küche, in der wir gerade stehen, ‚gespuckt', und dieser gemeine Neger mit dem Bogen hatte keine besseren Manieren, um mit einem Gentleman zu streiten, der voll war. Eine Pore, Fräulein, sie rannte so rissig und weiß herein und sagte: „Tante Tish, lass nicht zu, dass er ihm wehtut; „Er weiß nicht, was er sagt", sagte sie, „ ich sage ihr, sie solle ihre Pfote nicht im Weg stehen, und ich sage ihr, sie solle nicht auf Bunk stoßen."

„Und hat er gegen dich gekämpft?" fragte Herr Opp empört.

„Nein, Sir; Ich passe zu ihm. Wir haben den Boden in der Küche fast aufgerissen. Dann hat er mir beim Pokern den Kopf zerbrochen, und es sieht so aus, als hätte ich seit jeher mein Wissen verloren. Von dem Tag an, an dem ich gestorben bin, bin ich gestorben, auch wenn es bis zu meinem Tod gedauert hat, und nun ist dieser boshafte alte Teufel sofort gestorben. Aber ich würde ihn gerne begraben sehen. Ich möchte sehen, wie sie ihn in einer Kiste festnageln und Dreck auf ihn werfen."

Tante Tish beendete die Aufführung mit einem singenden Gesang, der durch die Aufzählung ihres uralten Unrechts in einen Zustand der Hysterie getrieben wurde.

Herr Opp seufzte sowohl über die Vergangenheit als auch über die Gegenwart. Er erkannte, dass es sinnlos war, den Fall zu diskutieren.

„Na, bleibst du, bis das Boot pfeift?" er hat gefragt. „Manchmal ist es zwei Stunden zu spät."

„Ja, Sir; Aber wenn die Pfeife ertönt, bin ich weinend. Wenn es dir gut geht, ist das in Ordnung; Wenn du es nicht bist, dann ist es gut: Ich bin *Gwine* !"

Als Mr. Opp durch den Flur ging, sah er, wie Miss Kippy vor ihm herschlüpfte und sich hinter der Tür versteckte. Sie trug etwas in ihrer Schürze versteckt.

„Hast du gelernt, was du heute Abend deinem Bruder D. sagen kannst?" fragte er und ignorierte ihr Verhalten. „Du wirst so schlau und lernst Handschriften genauso gut zu lesen wie ich!"

Aber Miss Kippy warf ihm nur einen Blick durch den Türspalt zu und weigerte sich, freundlich zu sein. Mehrere Tage lang war sie verstohlen und deprimiert gewesen und hatte weder mit Tante Tish noch mit sich selbst gesprochen.

Auf dem Weg zu seinem Büro war Mr. Opp überrascht, Mr. Gallop zu sehen, der sich aus dem Fenster seines kleinen Zimmers lehnte und hektisch winkte. Es war offensichtlich, dass Mr. Gallop ein Geheimnis preisgeben wollte, und Mr. Gallop, der ein Geheimnis hatte, war so aufgeregt wie ein kleiner Vogel über einen großen Wurm.

„Kommen Sie einfach kurz vorbei und setzen Sie sich", flatterte er; „Sie müssen das Aussehen der Dinge entschuldigen. Wenn ich nur diesen einen Raum für Telegrafenbüro und Schlafzimmer und alles habe, bin ich furchtbar überfüllt. Ich versuche schon seit einer halben Stunde, mein Mittagessen zuzubereiten, aber das Telefon hält mich einfach auf Trab. Dann war außerdem Mr. Mathews hier; er kam um zwölf Uhr mit der Barkasse herunter. Nun weiß ich natürlich, dass es nicht richtig ist, irgendetwas zu wiederholen, was ich über die Fernleitung höre, aber da Sie so ein guter Freund von Ihnen sind und Sie so ein Freund von mir sind – Mr. Opp, das ist nicht richtig jedem auf der Welt, dem ich mehr zu verdanken habe als dir, nicht nur das Geld, das du mir von Zeit zu Zeit geliehen hast, sondern auch, dass du für mich eingetreten bist, als alle auf mich los waren – und –"

"Ja; aber Sie haben eine Bemerkung über Mr. Mathews gemacht?" Herr Opp unterbrach ihn.

"Ja; und ich habe gesagt, dass ich es mir nie zur Gewohnheit mache, das zu wiederholen, was ich höre, aber er redete direkt hier im Zimmer, und ich mixte ein wenig Salatdressing, das ich Mrs. Fallows für den geselligen Abend versprochen hatte – es soll drüben bei Your sein Hotel heute Abend – da ist das Telefon!"

Mr. Opp saß auf der Kante des Sofas, der Rest war mit bunt bestickten Sofakissen besetzt, Exemplare, wie die Stadt erklärte, von Mr. Gallops eigener Handarbeit. Tatsächlich befand sich der einzige freie Raum im Raum an der Decke, denn zwischen seinen Pflichten als Hausmeister und Haushälter fand Mr. Gallop immer noch Zeit, sich den Künsten zu widmen, und das Ergebnis seiner Bemühungen war in jeder Ecke und Ecke sichtbar.

„Es war Mrs. Gusty, die Herrn Toddlinger wegen der Lieferung von Vanilleextrakt anstelle von Zitrone angegriffen hat", erklärte Mr. Gallop, der stehengeblieben war, um der Diskussion zuzuhören.

„Nun, wie gesagt, Mr. Mathews hat fast sofort nach seiner Ankunft jemanden in der Stadt angerufen – jetzt müssen Sie mir versprechen, dass Sie keiner lebenden Menschenseele davon erzählen werden."

Herr Opp hat es versprochen.

„Er sagte, ich solle der New Yorker Partei telegraphieren, dass die Bedingungen vereinbart wurden, und den Scheck sofort an Clark schicken und ihm sagen, er solle den Mund halten. Dann sagte die andere Seite etwas und Mr. Mathews sagte: „Wir können es uns nicht leisten zu warten." Sie telegrafieren sofort; „Ich werde die Menge hier unten manipulieren." Sie redeten noch viel, dann sagte er furchtbar leise, aber ich hörte ihn: „Na, verdammt!" sie müssen. Es steht zu viel auf dem Spiel.'"

Der Redakteur saß mit seinem Hut in der Hand da und blinzelte den Telefonisten an: „Manipulieren", sagte er verwirrt, „hat er dieses bestimmte Wort verwendet?"

Herr Gallop nickte.

„Vielleicht meinte er etwas anderes", sagte Herr Opp und tat jeden unangenehmen Verdacht beiseite. "Herr. Mathews ist ein Business-Gentleman. Er ist an vielen Unternehmungen beteiligt, so wie ich. Nach dem, was Sie gehört haben, würden Sie nicht glauben, dass er darüber nachgedacht hat, sich uns gegenüber nicht gerade fair zu verhalten, oder?"

Nachdem Mr. Gallop seine Informationen selbst übermittelt hatte, fühlte er sich nicht dazu berufen, eine persönliche Meinung zu äußern.

„Wenn Sie jemals sagen, ich hätte Ihnen davon etwas erzählt, dann schwöre ich, dass ich es nicht getan habe", sagte er. „Es lag nur daran, dass du so ein guter Freund warst und – da ist wieder dieses ‚Telefon!'"

In den frühen Nachmittagsstunden wurde Herr Opp von einem vagen Unbehagen bedrückt. Er unternahm mehrere Versuche, Mr. Mathews zu treffen, aber dieser Herr war bis fünf Uhr, der für das Treffen vorgesehenen Stunde, mit seinem Stenographen verschlossen.

Jegliches Misstrauen verschwand jedoch, als Mr. Mathews sich seinen Weg durch die Menge der Aktionäre bahnte, die das Büro Ihres Hotels füllten, und seinen Platz am Schreibtisch einnahm. Er war so ausdruckslos und selbstbewusst, so zufrieden mit sich selbst, der Welt und der Situation, dass er, wie Jimmy Fallows es ausdrückte, „lieber darauf wartete, dass er schnurrte, wenn er nicht redete."

Er stellte ausführlich den unbestrittenen Ölreichtum der Region dar, er lobte sie für ihren Scharfsinn und ihre Weitsicht beim Aufkauf des Turtle-Creek-Geländes, er lobte die Bucht im Allgemeinen und diesen angesehenen Bürger, den Herausgeber von „The Opp Eagle". insbesondere. Er sagte, das , das sie begonnen hatten, sei so groß geworden, dass großes Kapital erforderlich sei, um es weiterzuführen. Aufgrund der jüngsten Depression auf dem Geldmarkt fühlte sich das Unternehmen aus Kentucky nicht in der Lage, das Unternehmen angemessen zu unterstützen, und so wurde vereinbart, dass ein gutes Kaufangebot angenommen werden sollte. Mit einem solchen Angebot sei er heute zu ihnen gekommen, sagte Herr Mathews.

Diese Ankündigung löste eine Aufregung der Aufregung aus, und Miss Jim Fenton wedelte voller Begeisterung mit ihrem Spitzenschal.

„Vor einiger Zeit", fuhr Herr Mathews fort und nahm den Applaus gnädig zur Kenntnis, „hat das Gewerkschaftssyndikat von New York einen Experten, Herrn Clark, hierher geschickt, um über die Ölbedingungen in dieser Region zu berichten." Mr. Opps Augen richteten sich auf Mr. Mathews' Gesicht und seine Lippen öffneten sich. „Der Bericht war so rundum zufriedenstellend", fuhr Herr Mathews fort, „dass das folgende Angebot gemacht wurde."

Herr Opp stand sofort auf. „Entschuldigen Sie Sir, da ist – äh – es muss sich gerade an dieser Stelle ein kleiner Fehler unterlaufen."

Alle Augen waren auf ihn gerichtet, und bei einer Unterbrechung an einem so kritischen Punkt erhob sich ein missbilligendes Murmeln.

Herr Mathews gab ihm die Erlaubnis, fortzufahren.

„Sehen Sie – ich – Mr. Clark, das heißt" – Mr. Opps Finger arbeiteten nervös an der Stuhllehne vor ihm: „Er und ich gingen zusammen über den Boden, und – ich – nun, ich muss sagen, ich halte ihn nicht für einen kompetenten Richter."

Herr Mathews lächelte. „Ich fürchte, Herr Opp, dass Ihre Meinung außer Kraft gesetzt wird. Herr Clark ist eine anerkannte Autorität, obwohl", fügte er bedeutungsvoll hinzu, „natürlich auch die Experten manchmal Fehler machen."

„Das ist nicht der Punkt", beharrte Herr Opp; „Es ist der widersprüchliche Unterschied zwischen dem, was er zu mir gesagt hat, und dem, was er ihnen berichtet hat. Er sagte mir, dass er nicht der Meinung sei, dass unsere Aussichten einen Cent wert seien und wenn die Brunnen gebohrt würden, würden sie wahrscheinlich nicht ein Jahr lang laufen. Ich habe ihm damals nicht geglaubt; aber Sie sagen jetzt, dass er ein Experte ist und dass er es weiß."

Die Toleranz von Herrn Mathews schien grenzenlos. Er wartete geduldig, bis Herr Opp fertig war, und sagte dann sanft:

"Ja ja; Ich verstehe Ihren Standpunkt vollkommen, Herr Opp. Mr. Clarks Bemerkungen waren unüberlegt, aber er betrachtete alle Seiten der Frage. Er hat mich gesehen, nachdem er Sie gesehen hat, wissen Sie, und ich konnte seine Aufmerksamkeit auf die günstigeren Aspekte des Falles lenken. Sein

Bericht war völlig positiv, und ich denke, das ist alles, was uns Sorgen macht, nicht wahr?“ Er umarmte den Raum mit seinem Lächeln.

Während der nächsten Viertelstunde saß Herr Opp mit verschränkten Armen da, den Blick auf den Boden gerichtet und biss sich wütend auf die Lippen. Etwas war falsch. Immer wieder kämpfte er sich durch die umhüllenden Labyrinthe von Mr. Mathews‘ Plausibilität zu dieser Schlussfolgerung zurück. Warum hatten sie so lange gewartet, nachdem sie das erste Bohrloch gebohrt hatten? Warum hatten sie sich nach der Planung und dem Kauf von Maschinen plötzlich für den Verkauf entschieden? Warum hatte Herr Clark so widersprüchliche Meinungen geäußert? Was meinte Mr. Mathews mit dieser Nachricht aus Mr. Gallops Büro? Mr. Opps Privatangelegenheiten, die auf dem Spiel standen, gerieten in seiner Entschlossenheit, fair zu handeln, völlig aus den Augen.

Während er seine Augen mit der Hand bedeckte und versuchte, die Flut an Argumenten, die Mr. Mathews auf sein bereits überzeugtes Publikum ausübte, nicht zu hören, versuchte Mr. Opp, sich an alles zu erinnern, was Mr. Gallop ihm erzählt hatte.

„Er sagte ‚manipulieren‘“, wiederholte Herr Opp vor sich hin. „Ich erinnere mich daran, und er sagte: ‚Telegraphieren Sie der New Yorker Partei, dass die Bedingungen vereinbart wurden.‘ Dann sagte er: „Postscheck an Clark; Sag ihm, er soll den Mund halten.‘ Wofür bezahlt *er* Clark? Warum-"

„Der dem Parlament vorliegende Antrag“, unterbrach Mr. Tuckers pfeifende Stimme seine aufgeregte Argumentation, „ist, ob die Aktionäre der Turtle Creek Land Company bereit sind, im Verhältnis sieben zu eins zu verkaufen.“ Gewerkschaftssyndikat.“

In der daraus resultierenden Freude stand Herr Opp auf einem Stuhl und forderte Aufmerksamkeit.

„Hören Sie hier“, rief er und schlug mit der Hand auf die Wand, „ich habe wichtige Informationen, die mitgeteilt werden müssen: Dieser Clark ist ein Schlingel.“ Er täuscht sein Unternehmen. Er wurde dafür bezahlt, einen guten Bericht über unser Gelände zu erstellen. Ich kann es nicht beweisen, aber ich weiß es. Wir sind an einem Betrug beteiligt; wir werden – wir werden manipuliert.“

Mr. Opp hätte in seiner Qual des Ernstes fast das letzte Wort geschrien; Doch bevor die Menge seine Meinung vollständig verstehen konnte, stand Mr. Mathews auf und sagte etwas scharf:

„Was der Vertreter des Unionssyndikats ist oder nicht, geht uns überhaupt nichts an. Ich komme mit einem hochkarätigen Vorschlag zu Ihnen; Ich bitte Sie nur, ruhig zu bleiben und meinen Rat zu befolgen, und ich garantiere

Ihnen eine sofortige von sieben Dollar für jeden, den Sie in dieses Unternehmen stecken. Herr Vorsitzender, werden Sie darüber abstimmen?"

Aber Herr Opp stellte das Verfahren erneut ein. „Als Direktor dieser Firma werde ich nicht dulden, was vor sich geht. Ich werde dem Syndikat telegrafieren. Ich werde für die ganze Sache Werbung machen!"

Mat Lucas zog an seinem Ärmel und der Prediger legte ihm einen Arm um die Schulter. Das erstaunliche Gerücht war in Umlauf gekommen, dass der treueste Befürworter der Mäßigkeit in der Bucht dem Alkohol getrunken habe, und nichts an dem geröteten Gesicht und der aufgeregten Art des Redakteurs konnte diesen Eindruck widerlegen.

„Wenn es zufällig einen Aktionär geben sollte", fuhr Mr. Mathews mit fester Stimme fort, „der nicht bereit ist, dieses großartige Angebot zu nutzen, müssen wir kaum sagen, dass wir bereit sind, seine Aktien zurückzukaufen." den Betrag, den er dafür gegeben hat." Er lächelte, als wollte er sich über die Absurdität des Vorschlags lustig machen.

„Ich bin nicht bereit", rief Herr Opp zerrte an den zurückhaltenden Händen. „Ich bin in meiner gesamten Erfahrung noch nie mit einer unehrlichen Tat in Verbindung gebracht worden."

"Nicht! Herr Opp, tun Sie das nicht!" flüsterte Mat Lucas. „Du benimmst dich wie ein Verrückter. Sehen Sie nicht, dass Sie die Chance verlieren, dreitausend Dollar zu verdienen?"

„Das hat nichts damit zu tun", rief Herr Opp fast außer sich. „Ich werde nicht an dem Verkauf teilnehmen. Krank-"

Mr. Mathews wandte sich an seine Sekretärin. „Besorgen Sie einfach die Papiere für Mr. Opp und geben Sie ihm einen Scheck über das, was ihm zusteht. Nun, Herr Vorsitzender, stellen Sie die Angelegenheit zur Abstimmung?"

Inmitten der urkomischen Verwirrung, die auf die einstimmige Abstimmung und die anschließende Vertagung der Versammlung folgte, drängte sich Herr Opp durch die Menge, die Herrn Mathews umgab.

„Du weißt, worauf ich anspielte", schrie er mit klappernden Zähnen. „Du hast das durchgezogen, aber ich werde dich blockieren. Ich werde der gesamten Gemeinschaft die Wahrheit sagen. Ich werde dem Syndikat telegraphieren und den Verkauf stoppen."

Mr. Mathews hob die Brauen und lächelte abfällig.

„Es tut mir leid, dass Sie sich zu so einem Ausmaß aufgedrängt haben, mein Freund", sagte er. „Telegraphieren Sie auf jeden Fall, wenn es Sie beruhigt; aber Tatsache ist, dass das Geschäft heute Mittag abgeschlossen wurde."

Der lange, tiefe Pfiff des Pakets ertönte, aber Mr. Opp beachtete ihn nicht. In rasendem Donquichotischem Ungeduld stürzte er sich auf den Weg zum Telegrafenamt, um das Unrecht wiedergutzumachen, an dem er sich nicht beteiligen wollte.

XVI

EINE HALBE Stunde später schleppte sich Herr Opp den Hügel hinauf zu seinem Haus. Die ganze Ungerechtigkeit und Ungerechtigkeit des Universums schien ihm auf dem Herzen zu liegen. Jeder Muskel seines Körpers zitterte bei der Erinnerung an das, was er durchgemacht hatte, und ein eisernes Band schien sich um seinen Hals zu schnüren. Seine Stadt hatte sich geweigert, seine Geschichte zu glauben! Es hatte ihm ins Gesicht gelacht!

Mit einem plötzlichen, wahnsinnigen Verlangen nach Mitgefühl und Liebe begann er, Kippy anzurufen. Er stolperte über die Veranda, öffnete die Tür mit seinem Schlüssel und spähte in die Dunkelheit des Zimmers.

Der Luftzug aus einem offenen Fenster wehte einen Vorhang auf ihn zu, ein weißes, gespenstisches, Ding, aber kein Geräusch durchbrach die Stille.

„Kippy!" rief er noch einmal, seine Stimme war scharf vor Angst.

Er rannte von einem Zimmer zum anderen, suchte in Ecken und Winkeln, spähte unter die Betten und hinter die Türen und rief mit einer Stimme, die manchmal wie ein Befehl, aber häufiger wie eine Bitte klang: „Kippy! Kippy!"

Schließlich kam er ins Esszimmer zurück und zündete mit zitternden Händen die Lampe an. Auf dem Herd lagen die Überreste eines kleinen Lagerfeuers, und Papiere lagen verstreut herum. Er ließ sich auf die Knie fallen und ergriff ein Stück verkohlten Karton. Es war eine Ecke des handgemalten Rahmens, in der sich das Bild von Guinevere Gusty befand! Daneben lagen lose Blätter, Teile des geschätzten Briefpakets, das sie ihm aus Coreyville geschrieben hatte.

Als Mr. Opp hilflos im Zimmer umherblickte, fiel sein Blick auf etwas Weißes, das an der roten Tischdecke befestigt war. Er hielt es gegen das Licht. Es war ein Teil eines von Guineveres Briefen, geschrieben in der klaren, runden Hand des Mädchens:

Mutter sagt, ich kann dich nie heiraten, bis Miss Kippy in die Anstalt geht.

Mr. Opp stand auf. „Sie hat den Brief gelesen", rief er wild; „Sie hat etwas über sich selbst gelernt! Vielleicht ist sie jetzt im Wald oder unten am Ufer!" Er eilte zur Veranda. „Kippy!" er schrie. „Hab keine Angst! Bruder D. kommt, um dich zu holen! Lauf nicht weg, Kippy! Warte auf mich! Warten!" Er ließ das alte Haus für die Nacht offen und stürzte sich in die Dunkelheit, lief durch den Wald und die Straße auf und ab und rief vergeblich nach Kippy, der auf dem Boden eines lecken Bootes lag, das den Fluss hinuntertrieb die Gnade des Stroms.

Zwei Tage später saß Herr Opp im Büro der Irrenanstalt in Coreyville und hörte die Geschichte von den Irrfahrten seiner Schwester. Offensichtlich war ihr Boot fünfzehn Meilen oberhalb der Stadt an Land worden, denn Bewohner am Fluss hatten von einer seltsamen kleinen Frau ohne Hut und Mantel berichtet, die weinend an ihre Türen kam und sagte, ihr Name sei „Oxety“. “ und dass sie verrückt sei und sie anflehte, ihr den Weg zur Anstalt zu zeigen. Am zweiten Tag sei sie bewusstlos auf den Stufen der Anstalt aufgefunden worden und seitdem, so der Arzt, sei sie wild und unkontrollierbar gewesen.

„In Anbetracht aller Dinge“, schloss er, „ist es für Sie viel klüger, sie nicht zu sehen.“ Sie kam aus eigenem Antrieb, spürte offenbar den Anfall und wollte versorgt werden.“

Er war ein großer, glattgesichtiger Mann mit der versöhnlichen Art eines Menschen, der alle seine Mitmenschen als Patienten in unterschiedlichem Grad des Wahnsinns betrachtet.

„Aber ich habe die Angewohnheit, mich regelmäßig um sie zu kümmern“, protestierte Herr Opp. „Dies ist vorerst nur eine vorübergehende Aufregung, die wahrscheinlich nie wieder auftreten wird. Nun, es ging ihr den ganzen Winter besser; Ich habe ihr beigebracht, ein wenig zu lesen und zu schreiben und eine Reihe von Städten aus dem geografischen Atlas herauszusuchen.“

„Alles falsch“, rief der Arzt; „irrtümliche Freundlichkeit. Es kann ihr nie besser gehen, aber es kann sein, dass es ihr noch viel schlechter geht. Ihr Geist sollte niemals in irgendeiner Weise angeregt oder erregt werden. Hier verstehen wir natürlich all diese Dinge und behandeln den Patienten entsprechend.“

„Dann muss ich sie einfach wieder wie ein Kind behandeln?“ fragte Herr Opp: „Bemühen Sie sich nicht, ihre Intelligenz zu verbessern oder ihr in irgendeiner Weise beim Erwachsenwerden zu helfen?“

Der Arzt legte ihm freundlich die Hand auf die Schulter.

„Überlassen Sie sie uns“, sagte er. „Der Staat stellt genau für solche Fälle wie ihren diese hervorragende Einrichtung zur Verfügung. Sie tun sich selbst und Ihrer Familie, falls Sie eine haben, Unrecht, wenn Sie sie zu Hause behalten. Lassen Sie sie etwa sechs Monate hier bleiben, und Sie werden sehen, was für eine Erleichterung es sein wird.“

Mr. Opp saß mit dem Ellbogen auf dem Schreibtisch, den Kopf in die Hand gestützt, und starrte kläglich auf den Boden. Er hatte sich seit zwei Nächten nicht ausgezogen und hatte sich von seiner Suche kaum Zeit genommen, etwas zu essen. Sein Gesicht sah von der Anstrengung alt und runzlig und gehetzt aus. Doch hier und jetzt musste er seine große Entscheidung treffen.

Auf der einen Seite lag das alte, hilflose Leben mit Kippy und auf der anderen Seite eine Zukunft voller schillernder Möglichkeiten mit Guinevere. Sein ganzes untergetauchtes Selbst erhob sich plötzlich und verlangte nach Glück. Er war bereit, es um jeden Preis und ohne Rücksicht auf alles und jeden zu entreißen – Kippy; von Guinevere, die ihn, wie er wusste, nicht liebte, aber ihr Versprechen halten würde; von Hinton, dessen Geheimnis er schon vor langer Zeit erraten hatte. Und als laufende Begleitung seiner Gedanken ertönte die ruhige, professionelle Stimme des Arztes, die ihn dazu drängte, den Weg einzuschlagen, den sein Herz vorgab. Einen Moment lang gerieten die beteiligten Kräfte ins Wanken.

Nach einer langen Zeit löste er seine Finger und zog sein Taschentuch über seine Stirn.

„Ich schätze, ich werde jetzt hochgehen und sie sehen", sagte er mit dem keuchenden Atem eines Mannes, der unter Wasser war.

Vergeblich protestierte der Arzt. Herr Opp war entschlossen.

Als die Tür zum langen Saal aufgeschlossen wurde, lehnte er sich einen Moment lang benommen an die Wand.

„Am besten lassen Sie sich von mir einen Schluck Whisky geben", schlug der Arzt vor, der seine Erschöpfung bemerkt hatte.

Mr. Opp hob abfällig die Hand, mit einem Hauch seines alten Berufsstolzes. „Ich weiß es nicht, da ich Gelegenheit hatte zu erwähnen", sagte er, „dass ich Herausgeber und alleiniger Eigentümer von ‚The Opp Eagle' bin; und dieser Vogel", fügte er mit einem gezwungenen Lächeln hinzu, „ist, wie jeder weiß, ein absoluter Abstinenzler."

Am Ende des überfüllten Saals stand mit dem Gesicht zur Wand eine schmächtige, vertraute Gestalt. Herr Opp machte einen Schritt vorwärts; dann wandte er sich grimmig dem Wärter zu.

„Ihre Hände sind tied! Wer hat es gewagt, sie so zu fesseln?"

„Es ist nur ein weiches Taschentuch", antwortete die matronenhafte Frau beruhigend. „Wir hatten Angst, sie würde sich die Haare ausreißen. Sie möchte, dass es auf eine bestimmte Art und Weise behoben wird; aber sie hat Angst, dass einer von uns sie berührt. Seit ihrer Ankunft weint sie darüber."

Im Nu war Mr. Opp neben ihr auf den Knien. „Kippy, Kippy Liebling, hier ist Bruder D.; Er wird es für Sie reparieren! Du möchtest doch, dass es an der Seite geteilt ist, nicht wahr, mit einer Schleife zusammengebunden und alles andere herunterhängt? Weine nicht so, Kippy. Jetzt bin ich hier; Bruder D. wird sich um dich kümmern."

Sie warf ihre lockeren Arme um ihn und klammerte sich voller Erleichterung an ihn. Ihr Schluchzen erschütterte sie beide, und sein Gesicht und sein Hals waren nass von ihren Tränen.

Sobald es ihnen gelang, sie ruhig genug zu machen, brachten sie sie in ihr kleines Schlafzimmer.

„Sie lassen sich von der Dame fertig machen", drängte Mr. Opp, der immer noch ihre Hand hielt, „und ich bringe Sie nach Hause, und Tante Tish wird ein schönes, warmes Abendessen haben, das auf uns wartet."

Aber sie ließ zu, dass niemand anderes sie berührte, und selbst dann brach sie in klägliches Schluchzen und Proteste aus. Einmal stieß sie ihn von sich und sah sich wild um. „Nein, nein", rief sie, „ich darf nicht gehen; Ich bin verrückt!" Aber er erzählte ihr von den drei kleinen Kätzchen, die unter der Küchentreppe zur Welt gekommen waren, und im nächsten Moment zitterte sie vor Eifer, nach Hause zu gehen, um sie zu sehen.

Eine Stunde später saßen Herr Opp und sein Schützling am Flussufer und warteten auf die kleine Barkasse, die sie zurück zur Bucht bringen sollte. In einiger Entfernung hatte sich eine neugierige Menschenmenge versammelt, denn ihre Geschichte hatte die Runde gemacht.

Herr Opp saß unter dem Feuer neugieriger Blicke und blickte direkt vor sich hin, und nur sein gerötetes Gesicht zeigte, was er litt. Miss Kippy saß in ihrer seltsamen Kleidung und mit ihrem hellen Haar, das ihr um die Schultern fiel, dicht neben ihm, ihre Hand in seiner.

„D.", sagte sie einmal mit hoher, eindringlicher Stimme, „wann werde ich erwachsen genug sein, um Mr. Hinton zu heiraten?"

Herr Opp vergaß für einen Moment die Menge. „Kippy", sagte er mit all der sanften Ernsthaftigkeit, die in ihm steckte, „du wirst überhaupt nicht erwachsen werden." Du wirst einfach immer das kleine Mädchen von Bruder D. sein. Sehen Sie, Mr. Hinton ist zu alt für Sie, genau wie –" er machte eine Pause und beendete es dann mutig – „genauso wie ich zu alt für Miss Guinnever bin. Es würde mich nicht wundern, wenn sie eines Tages miteinander heiraten würden. Du und ich müssen einfach aufeinander aufpassen."

Sie sah ihn mit dem flüchtigen Argwohn des Verrückten an, aber er war mit einem Lächeln auf sie vorbereitet.

„Oh, D.", rief sie in plötzlicher Verzückung, „wir sind froh, nicht wahr?"

XVII

In DEN nächsten vier Wochen gab es keine Ausgabe von „The Opp Eagle". Als es erschien, enthielt es den folgenden Leitartikel:

Ihr Redakteur ist seit mehreren Wochen Opfer des La Grip, der zu einem Anstieg in unserem linken Ohr führte. Obwohl wir immer noch starke und anhaltende Schmerzen haben, wissen wir, dass hinter den Wolken des Leidens immer noch der blaue Himmel der Gesundheit scheint und dass sozusagen ein hellerer Tag bevorsteht.

Am Abend von Mr. Opps Rückkehr aus Coreyville hatte er einen langen Brief an Guinevere Gusty geschrieben, in dem er ihr seine endgültige Entscheidung in Bezug auf Kippy mitteilte und sie von ihrem Versprechen entband. Nachdem dies erreicht war, hörte er auf, die Kälte und Erschöpfung anzukämpfen, und ging mit einem heftigen Schüttelfrost zu Bett.

Tante Tish war voller Reue über die Katastrophen, die sie ihrer Meinung nach über den Haushalt gebracht hatte, und diente ihm Tag und Nacht, und selbst Miss Kippy, gerührt von dem ungewöhnlichen Anblick ihres Bruders im Bett, unternahm vergebliche Anstrengungen, bei der Krankenpflege zu helfen.

Als er endlich ins Büro zurückkriechen konnte, stellte er fest, dass in der Bucht überraschende Veränderungen stattgefunden hatten. Die prompte Bezahlung der Ölaktionäre durch das Gewerkschaftssyndikat hatte einen Zustand des Wohlstands und der allgemeinen Zufriedenheit herbeigeführt, wie er noch nie zuvor gekannt worden war. Der von „The Opp Eagle" gepflanzte und sorgfältig gepflegte Bürgergeist erblühte unter dieser plötzlichen und unerwarteten Wärme. Die im Jahr zuvor gebildeten Ausschüsse wurden zu Berichten aufgefordert, und es wurden erfreuliche Ergebnisse erzielt. Die Bucht erwachte zu der Tatsache, dass es dort Laternenpfähle, Gehwege und ein Postamt gab, mit der Möglichkeit eines Gerichtsgebäudes.

Dieses Streben nach Verbesserung endete jedoch nicht bei der Stadt, sondern erstreckte sich auch auf Einzelpersonen. Jimmy Fallows wollte ein neues Hotel bauen; Mr. Tucker wollte sein Hotel in ein hübsches Privathaus umbauen, für das Mrs. Gusty die Tapete ausgewählt hatte; Mat Lucas plante bereits den Bau eines großen Ladens an der Main Street und hatte Herrn Gallop damit beauftragt, die Leitung der Trockenwarenabteilung zu übernehmen. Die einzige Person, auf die sich der Wohlstand offenbar negativ ausgewirkt hatte, war Miss Jim Fenton. Bald nach Erhalt ihres Schecks war sie in einem schlichten schwarzen Schneiderkostüm und einem kleinen, strengen Filzhut ohne jeglichen Schmuck in der Bucht erschienen.

Die Pantoffeln mit französischen Absätzen waren durch schwere Wanderschuhe ersetzt worden, und der Spitzenschal wurde durch einen steifen Leinenkragen ersetzt.

Aber der Zustand von Miss Jims Gemütszustand ließ sich nicht an der Düsterkeit ihrer Kleidung messen. Die Neuartigkeit, ihre eigene Kleidung auszuwählen, ihren eigenen Geschmack zu befragen, die verwirrenden Gefahren von Spitzenrüschen und fliegenden Furbelows loszuwerden , ganz zu von unwillkommenen Verehrern, gab ihr ein Gefühl der Heiterkeit und Unabhängigkeit, das sie nicht hatte seit Jahren genossen.

Inmitten all dieser greifbaren Erfolgsbeweise befand sich Herr Opp in einem Nahkampf mit dem Scheitern. So wie ein Jäger auf einen Punkt zielt, der weit vor dem fliegenden Vogel liegt, so hatte er auf Möglichkeiten vor den Fakten abgezielt, und als die Ereignisse eine unerwartete Wendung nahmen, blieb er gestrandet, seine Munition weg, sein Urteilsvermögen und seine Hände waren in Frage gestellt leer. Er hatte seine Geschäfte nicht auf der Grundlage seines gegenwärtigen Einkommens geführt, sondern im Hinblick auf die großen Summen, von denen er zuversichtlich glaubte, dass sie aus den Ölquellen fließen würden.

Die Auflage von „The Opp Eagle" nahm stetig zu, aber der wachsende Vogel musste gefüttert werden, und der Herausgeber, der darum kämpfte, den täglichen dringenden Verpflichtungen nachzukommen, war nicht in der Lage, den stetigen Bedarf an Exemplaren zu decken.

Auf alle unnötigen Ablenkungen wurde rücksichtslos . Er trat schmerzlich von der Leitung des Union Orchestra zurück, er gab seine Mitgliedschaft bei den Odd Fellows auf. Sogar seine wichtigeren Aufgaben als Präsident der Town Improvement League und Direktor der Bank wurden aufgegeben. Denn zusätzlich zu seinen Leitartikeln hatte er sich vorgenommen, sein geringes Einkommen durch den Verkauf der „Enzyklopädie der Wunder, Schönheit und Weisheit" im Abonnement aufzubessern.

Auf diesem Tiefpunkt von Mr. Opps Schicksal kehrte Willard Hinton in die Bucht zurück. Er war noch immer blass von seiner langen Gefangenschaft, aber er hatte einen ungewöhnlichen Hauch von Lebhaftigkeit an sich, das halb überraschte Interesse von jemandem, der am Tiefpunkt angelangt ist und feststellt, dass es nicht so schlimm ist, wie er erwartet hatte.

An einem dunklen Nachmittag im November machte er sich auf den Weg zum Büro von „The Opp Eagle" und stand unentschlossen in der Tür.

„Das sind Sie, Herr Opp? Oder ist es Nick?" Er blinzelte unsicher.

„Ja, ich bin es", sagte Herr Opp. „Kommen Sie herein. Ich war so mit Verlobungen beschäftigt, dass ich kaum Gelegenheit hatte, Sie zu sehen, seit

Sie zurückgekommen sind. Du verbesserst dich ständig, nicht wahr? Als ich heute Morgen vorbeikam, dachte ich, ich hätte dich auf einer Schreibmaschine schreiben sehen."

„Ja", sagte Hinton; „Es ist eine kleine Maschine, die ich bekommen habe, bevor ich herunterkam, mit erhabenen Buchstaben auf der Tastatur. Wenn ich so rasant vorankomme, wie ich begonnen habe, werde ich bald ein Experte sein. Frau Gusty konnte heute Morgen fünf von zehn Wörtern lesen!"

„Ich hoffe, Sie schreiben uns ein oder zwei Artikel", sagte Herr Opp. „Es macht mir nichts aus, Ihnen zu sagen, dass die Dinge seit dem Unglück um die Ölquellen so dringlich sind, wie Sie es nennen würden. Ich bereue keinen Schritt, den ich unternommen habe, und ich bemühe mich, keine Gefühle gegenüber denen zu hegen, die ich unternommen habe, nachdem ich mein Wort gegeben habe, dass es sich nicht um eine faire Transaktion handelte. Aber wenn wahr ist, was dieser Mann Clark gesagt hat, Mr. Hinton, wird das Union Syndicate nie wieder einen Brunnen in dieser Gemeinde erschließen."

„Ihr Gewissen erwies sich damals als ziemlich teurer Luxus, nicht wahr, Mr. Opp?" fragte Hinton, der so viele Versionen der Angelegenheit gehört hatte, wie es Bürger in der Bucht gab.

Mr. Opp zuckte mit den Schultern und schürzte die Lippen. „Es ist eine Angelegenheit, über die ich noch nicht sprechen kann. Nachdem ich ein ganzes Jahr und mehr geschäftlich und gesellschaftlich mit mir in Kontakt gekommen war, dachte ich, dass sie nicht bereit wären, mein Wort für das zu glauben, was ich gesagt habe."

„Aber es war nicht zu ihrem Vorteil", sagte Hinton lächelnd. „Man vergisst den Geldbetrag, um den es geht."

„Nein", erklärte Herr Opp etwas hitzig, „Sie tun diesen Herren Unrecht." Es gibt keinen einzigen von ihnen, der zu einer unehrlichen Handlung fähig ist, genauso wenig wie Sie oder ich. Ihnen fehlte einfach die Erfahrung im Umgang mit einem Mann wie Mr. Mathews."

Hintons Lächeln wurde breiter; Er griff nach Mr. Opps Hand und ergriff sie.

„Wissen Sie, dass Sie ein verdammt guter Kerl sind? Es tut mir leid, dass die Dinge bei dir so durcheinander geraten sind."

„Ich werde auszahlen", sagte der Herausgeber. „Es wird einige Zeit dauern, aber ich habe eine bemerkenswerte Arbeitsfähigkeit in mir. Es macht mir nichts aus, Ihnen zu sagen, dass ich darüber nachdenke, ein Patent zu erfinden, obwohl ich Sie bitten muss, die Tatsache derzeit niemandem gegenüber zu erwähnen. Es ist eine Art verbesserter Schriftsetzer, eines der bemerkenswertesten Dinge, die Sie je gesehen haben. Ich wusste bis vor etwa sechs Monaten nicht, welche wissenschaftliche Wendung mein Geist nehmen könnte. Ich habe das Ganze in meinem Gehirn ausgearbeitet, ohne die Hilfe irgendeines Modells."

„In der Zwischenzeit", sagte Hinton, „müssen Sie, wie ich gehört habe, Ihre Zeitung verkaufen."

Mr. Opp zuckte zusammen und die Falten in seinem Gesicht vertieften sich. „Nun ja", sagte er, „ich habe mich fast zum Verkauf entschlossen, natürlich unter der Voraussetzung, dass ich die Redaktion behalte." Sobald mein Patent auf den Markt kommt, werde ich es bald zurückkaufen können."

"Herr. Opp", sagte Hinton, „ich muss Ihnen einen machen. Ich habe einen moderaten Geldbetrag auf der Bank, den ich in ein Unternehmen investieren möchte. Wie würde es Ihnen gefallen, mir das ganze Papier in Hülle und Fülle zu verkaufen?"

Mr. Opp, dessen Augen auf den Geldscheinen geruht hatten, die auf seinem Tisch verstreut lagen, blickte eifrig auf.

„Du sollst es besitzen und ich soll es leiten?" fragte er hoffnungsvoll.

„Nein", sagte Hinton; „Sie würden mir hoffentlich bei der Leitung helfen, aber ich wäre der Herausgeber. Ich habe mir die Sache ernsthaft überlegt und glaube, dass ich mit kompetenter Hilfe die Zeitung trotz meiner Behinderung zu einer zeitgemäßen, sich selbst tragenden Zeitung machen kann."

Herr Opp saß da, als wäre er von einem Schlag betäubt worden. Er wusste schon seit einiger Zeit, dass er die Zeitung verkaufen musste, um seinen Verpflichtungen nachzukommen, aber der Gedanke, die Kontrolle darüber aufzugeben, kam ihm nie in den Sinn. Es war der Stolz seines Herzens, die einzige greifbare Errungenschaft in einer Wildnis voller Träume. Das Leben ohne Guinevere schien eine Wüste zu sein; Das Leben ohne „The Opp Eagle" schien chaotisch zu sein. Er sah verwirrt auf.

„Wir würden hier wie gewohnt weiter Geschäfte machen?" er hat gefragt.

„Nein", sagte Hinton; „Ich würde ein größeres Büro in der Innenstadt bauen und neue Druckmaschinen einbauen; Wir könnten mit Ihrem neuen Patentsatzgerät experimentieren, sobald Sie es fertig haben."

Aber Mr. Opp war über alle Höflichkeiten hinaus. „Du würdest Nick behalten?" er hat gefragt. „Ich würde nichts in Betracht ziehen, was Nick ausschließen würde."

„Auf jeden Fall", sagte Hinton. „Ich zähle darauf, dass Sie und Nick mich in die Geheimnisse des Berufs einweihen. Du könntest Stadtredakteur werden und Nick – nun ja, wir könnten ihn zum Vorarbeiter machen."

Eine letzte Hoffnung blieb Herrn Opp, und er klammerte sich verzweifelt daran fest und wagte es nicht, sie bis zum Ende auszusprechen.

„Der Name", sagte er schwach, „würde natürlich ‚The Opp Eagle' bleiben?"

Hinton senkte den Blick; er konnte den wehmütigen Appell im gezeichneten Gesicht seines Gegenübers nicht ertragen.

„Nein", sagte er kurz; „Das ist ein bisschen zu persönlich. Ich denke, ich sollte meine Zeitung ‚The Weekly News' nennen."

Herr Opp konnte sich nie genau daran erinnern, was danach geschah. Er wusste, dass er das Angebot, mit dem er sich gestritten hatte, zunächst abgelehnt hatte, es sich noch einmal überlegt hatte und schließlich eine größere Summe angenommen hatte, als er verlangt hatte; Aber die Einzelheiten der Transaktion waren wie das Setzen von Knochen nach einem Unfall.

Er erinnerte sich, dass er dort gesessen hatte, wo Hinton ihn verlassen hatte, und auf den Boden gestarrt hatte, bis Nick kam, um das Büro zu schließen; Dann hatte er den vagen Eindruck, als würde er die Felder überqueren und mit dem Kopf an der alten Bergahorn gelehnt stehen, wo die Vögel einst von Liebe geflüstert hatten. Danach wusste er, dass er Hinton und Guinevere getroffen hatte, als sie Hand in Hand die Flussstraße hinaufkamen, dass er nach dem Abendessen nach Hause gekommen war und für Miss Kippy eine Brücke aus Blöcken gebaut hatte.

Dann erwachte er plötzlich zu vollem Bewusstsein, taumelte aus dem Haus zum Holzschuppen und fiel zitternd zu elenden Häufchen zusammen. Dort in der Dunkelheit schien er zum ersten Mal in seinem Leben die Dinge so zu sehen, wie sie waren. Sein Blick, der an das glitzernde Versprechen der Zukunft gewöhnt war, spähte ängstlich in die Vergangenheit und ließ die lange Reihe grundloser Hoffnungen, leerer Projekte und Selbsttäuschungen Revue passieren. Von all seinen kleinen Täuschungen und Täuschungen befreit und seiner falschen Rüstung der Einbildung beraubt, lag sein Leben nackt vor ihm, eine erbärmliche, ausgehungerte, sinnlose Sache.

„Ich war einfach wie Kippy", schluchzte er, das Gesicht in den Händen vergraben, „und tat ständig so, als ob etwas nicht so wäre. Ich tat so, als wäre ich jung und gutaussehend und — und hochgebildet; und schau mich an! Schau mich an!" er forderte heftig das Anzündholz.

Mr. Opp hatte ein langes Duell geführt — ein Duell mit Circumstance, und Mr. Opp wurde besiegt. Das Eingeständnis der Niederlage, selbst ihm selbst gegenüber, verlieh dem Ganzen den letzten Stempel der Wahrhaftigkeit. Er hatte trotz seiner dürftigen Waffen tapfer gekämpft, aber die Angriffe waren zu heftig zu sicher gewesen. Er lag in seinem seltsamen neuen Gewand der

Demut da und fragte sich, warum er nicht sterben wollte. Er war sich nicht darüber im Klaren, dass er durch den Verlust von allem anderen den größeren Anteil an Charakter gewonnen hatte, für den er die ganze Zeit unbewusst gekämpft hatte.

Die Küchentür öffnete sich und er sah die Silhouette von Miss Kippy im Licht.

„Bruder D.", rief sie ungeduldig, „kommst du nicht zurück, um mit mir zu spielen?"

Er rappelte sich auf und unternahm einen hastigen und etwas schuldbewussten Versuch, sich zu fassen.

„Ja, ich komme", antwortete er knapp, während er seine spärlichen Locken glättete und seine Krawatte zurechtrückte. „Du gehst weiter und sammelst die Blöcke ein; Ich habe nur für kurze Zeit mit dem Spielen aufgehört."

XVIII

Die HOCHZEIT von Guinevere Gusty und Willard Hinton fand mitten im Winter statt, und der Bericht darüber, der in der letzten Ausgabe von „The Opp Eagle" veröffentlicht wurde, bewies, dass der Adler ebenso wie der Schwan sein Todeslied hat.

Wie viele Meisterwerke der Literatur war der Artikel in seelischer Angst geschrieben worden; Aber die Kunst ignoriert wie die Natur den Prozess und rechnet nur mit dem Ergebnis, und das Ergebnis hat, zumindest nach Meinung von Herrn Opp, den Aufwand mehr als gerechtfertigt.

„Bei diesen anstrengenden, geschichtsträchtigen Streifzügen durch den Sand des Lebens", hieß es darin, „übersehen oder vernachlässigen wir manchmal Einzelheiten von Ereignissen, die sich als wichtiger erweisen, als es auf den ersten Blick erscheint. Der Fall, auf den wir anspielen, die Hochzeit, die am Abend im Wohnsitz der Mutter der Braut feierlich gefeiert wurde. Die Gustys können zu Recht als eine der am besten ausgestatteten Familien in der Grafschaft angesehen werden, und die Salons waren nur weniger schön als die einzige Tochter, die dort den Vorsitz führte. Die darin servierte Zusammenstellung war von so großzügiger Natur, dass jeder Gast, so könnte man sagen, genug Essen mit nach Hause nahm, um dort zu Abend zu essen. Es war selten unser Schicksal, einen Gentleman mit solch intelligenten Fähigkeiten wie Mr. Hinton zu treffen, und seine gesamte zukünftige Existenz, sei sie nun lang oder kurz, kann nicht umhin, dreimal von der Gesellschaft der Person gesegnet zu sein, die ihm ihr Vertrauen anvertraut hat , – ihre Wahl, weltweit. Obwohl wir selbst Junggesellen sind, wissen wir, welches Glück ihnen zuteil werden muss, und von ganzem Herzen gewähren wir ihnen eine freudige Reise durch die unsicheren Wellen der Zeit, bis ihre Hochzeits- oder Ehebarke sicher im Hafen der ewigen Glückseligkeit vertäut sein wird, wo die Stürme dieses Lebens breiten ihre Gewalt nicht aus."

Manche Menschen verbringen ihr Leben im Tal, andere werden auf den Höhen geboren und sterben dort; aber es war Mr. Opps Schicksal, vom Tal auf seinen eigenen kleinen Berggipfel des Wohlstands zu klettern, nur um auf der anderen Seite wieder hinuntersteigen zu müssen. Es war ein Beweis seiner Genialität, dass er sich und seine Mitbürger mit der Zeit davon überzeugte, dass es genau das war, was er tun wollte.

„Dass sein Leben als Manager und Förderer auf seine Weise in Ordnung war", sagte er eines Tages zu einer Gruppe von Männern auf dem Postamt, „aber ein Mann schuldet sich selbst etwas, nicht wahr? Jetzt, da die Stadt gut angelaufen ist und Herr Hinton die Hauptverantwortung für die Zeitung übernehmen wird, habe ich mehr Freiheit als seit Jahren, einige meiner Ideen in die Tat umzusetzen."

„Wir zählen darauf, Sie wieder ins Orchester zu holen", sagte Mr. Gallop, dessen Bewunderung für Mr. Opp ihre ursprüngliche Blüte bewahrte.

Herr Opp schüttelte bedauernd den Kopf. „Nein, ich werde alle meine Abende dem Lernen widmen. Dieses aktuelle Projekt, an dem ich arbeite, erfordert viel persönlichen Einsatz. Manchmal denke ich, dass ich meine Kräfte in der Vergangenheit in gewisser Weise zu sehr verstreut habe."

Mr. Opp bezog sich so beharrlich auf die mysteriöse Arbeit, die ihn beschäftigte, dass er Mr. Gallops Neugier bis zur Sättigung reduzierte.

Als er es nicht mehr aushielt, entschloss sich der Telegrafist zu einer Nachforschungsreise. Die geplante Übergabe eines neuen Kornetts durch das Unique Orchestra an seinen ehemaligen Leiter erwies sich als dürftiger Vorwand für einen Anruf, und obwohl er wusste, dass mit Ausnahme von Willard Hinton noch nie ein Besucher die Opp-Schwelle überschritten hatte, war er es doch erlaubter Wunsch, die Zartheit außer Kraft zu setzen.

Es war eine stürmische Dezembernacht, als er den Hügel bestieg, und er musste während des Aufstiegs mehrmals innehalten, um genug Atem zu bekommen, um weiterzugehen. Als er das Haus erreichte, war er völlig sprachlos und ließ sich einen Moment auf die Stufen fallen, um sich auszuruhen, bevor er klopfte. Als er dort saß versuchte, sich die Flugmaschine oder das Torpedoboot vorzustellen, mit dem Mr. Opp seiner Meinung nach beschäftigt war, nahm er Stimmen aus dem Inneren wahr, und als er nach oben blickte, sah er, dass das Fenster über ihm leicht angehoben war . Überwältigt von dem Wunsch, seinem Freund bei der Arbeit an seiner großen Erfindung zuzusehen, schlich er vorsichtig auf Zehenspitzen über die Veranda und spähte hinein.

Der alte Raum mit der niedrigen Decke war hell im Feuerschein, und in der Mitte saß Mr. Opp, die Knie angezogen, die Zehen nach innen gedreht und die Zunge herausgestreckt, in einen Gegenstand vertieft, den er zwischen seinen Knien hielt . Miss Kippy kniete vor ihm und beobachtete gespannt das Geschehen.

Mr. Gallop reckte den Hals, um zu sehen, was sie interessierte, und entdeckte schließlich, dass sie einer großen Porzellanpuppe ein Kleid anzogen.

Miss Kippys Stimme durchbrach die Stille. „Du kannst gut nähen", sagte sie; „Du kannst hübscher nähen als Tante Tish."

„Niemand kann mich schlagen, wenn ich Röcke mache", sagte Mr. Opp, und Mr. Gallop sah, wie er mit dem Griff der Schaufel seine Nadel durch ein Stück Stoff stach „Aber Ärmel sind eine speziellere Angelegenheit. Ich fädle lieber drei Nadeln ein, als sie in einem Ärmel zu befestigen! Warum tust du nicht so, als wäre es Sommer, und lässt sie ohne davon gehen?"

Miss Kippys Lippen zitterten. „Ich möchte Ärmel, D. – zwei davon, und einen Damenhut mit Rosen darauf. Wir können *sie* doch erwachsen werden lassen, nicht wahr, D.?"

Mr. Gallop zog sich hastig und beschämt zurück. Obwohl sein Idol von seinem Sockel gefallen war, beschloss er, die Trümmer zu bewachen, und von dieser Nacht an war er Mr. Opps treuer Verteidiger.

Und Mr. Gallop war nicht der Einzige, der mutig sein Mitgefühl und seinen Respekt für den Ex-Herausgeber zum Ausdruck brachte. Besonders diejenigen, denen der Ölboom zu Wohlstand verholfen hatte, konnten ihre grenzenlose Bewunderung für die gewissenhafte Haltung zum Ausdruck bringen, die er bei der letzten Transaktion eingenommen hatte. Sie hätten ihm schweres Unrecht getan, gaben sie zu. Die Brunnen wurden erneut untersucht und es wurde festgestellt, dass sie von Wert waren. Die Tatsache, dass die Wahrheit zu spät entdeckt wurde, um ihr Glück zu beeinträchtigen, verstärkte ihre Wertschätzung für Herrn Opp.

Als Willard Hinton sah, welchen Balsam diese Zeichen der Zustimmung für Mr. Opps verletzten Geist brachten, beschloss er, ein Bankett für den scheidenden Redakteur zu veranstalten, bei dem er so viele Zeugnisse der Freundschaft und des guten Willens wie möglich hervorbringen wollte.

Die Angelegenheit sollte in der Neujahrsnacht im Speisesaal von Fallows' neuem Your Hotel stattfinden. Die gesamte männliche Gruppe der Bucht war eingeladen, und das weibliche Element bereitete das Abendessen vor. Noch nie zuvor hatte es in der Bucht eine gesellschaftliche Veranstaltung dieser Art gegeben, und jeder Bürger war stolz auf den Erfolg.

Eine Woche im Voraus herrschte in der Stadt heftiges Redenschreiben, Kuchenbacken, Salatmischen und Dekorieren. Sogar Mrs. Fallows nahm den Anlass warm an und häkelte einen Kerzenständer, eine Kerze, eine Flamme und alles andere, um den Tisch zu schmücken.

Als die Nacht kam, gab sich Jimmy Fallows die Ehre. Er sah prächtig aus in seinem Anzug, der aus einem schwarzen Satinhemd und einem braunen Anzug bestand.

Als alle Gäste Platz genommen hatten, erhob sich Willard Hinton und machte die Stadt mit ein paar kurzen, pointierten Bemerkungen auf die Veränderungen aufmerksam, die durch die unermüdlichen Bemühungen insbesondere eines Bürgers herbeigeführt worden waren. Er sprach von der Dankbarkeit, die sie gemeinsam und individuell dem verstorbenen Herausgeber von „The Opp Eagle" schuldeten, und fügte hinzu, dass die Gäste nach der Antwort von Herrn Opp nacheinander ihre Meinung zu diesem Thema zum Ausdruck bringen wollten.

Herr Opp erhob sich dann unter tosendem Applaus und stand einen Moment in erfreuter, aber überwältigender Verlegenheit da. Dann streckte er einen Fuß nach vorne, blies seine Brust auf und begann:

„Wertgeschätzte Mitmenschen, ich komme heute Abend vor Sie, um das auszudrücken, wofür es im englischen Vokabular keine Worte gibt. auch immer Sie über mich oder meinen Anteil am Erwachen unserer Heimatstadt zu sagen haben, ich werde es mit dankbarem Herzen anhören. Ich glaube an eine großartige Zukunft für Cove City. Wir werden es vielleicht nicht mehr erleben, aber ich glaube, dass der Tag kommen wird, an dem unsere Stadt das Tor zum Süden sein wird und an dem das Flussufer der Main Street in New York nicht unähnlich sein wird. Ich gehe davon aus, dass es einen Schlüsselpunkt der Bedeutung erreicht, von dem wir nichts wissen. Was Mr. Hinton betrifft, so heißen wir ihn alle in unserer Mitte willkommen. „The Opp Eagle" trifft auf „The Weekly News" und wünscht ihm dauerhaften und ewigen Erfolg."

Ein Applaus unterbrach den Fluss seiner Beredsamkeit, und als er sich im Raum umsah, sah er, dass an der Tür etwas Aufregung herrschte. Ein Kopf mit Turban fiel ihm ins Auge, dann Tante Tishs winkende Hand.

Er entschuldigte sich hastig, bahnte sich einen Weg durch die Menge und bückte sich, um ihre Botschaft zu hören.

„Hit ist Miss Kippy", flüsterte sie. „Ich hasse es, dich zu stören, aber sie hat ihrer Puppe den Kopf gebrochen und sie nimmt es so auf, dass ich mit ihr nichts anfangen kann."

„Könnten Sie es nicht schaffen, sie auf keinen Fall zum Schweigen zu bringen?" fragte Herr Opp besorgt.

„Nein, Sir. Sie fühlt sich so, als ob die Puppe ihr Baby nicht mehr braucht, und sie wird auch sterben, was sie am meisten erwartet. Ich habe Vals Mutter dazu gebracht, bei ihr zu bleiben, bis ich zurückkomme."

„In Ordnung", sagte Herr Opp hastig. „Du gehst einfach weiter und sagst ihr, dass ich komme."

Als er das Esszimmer wieder betrat, hielt er seinen Hut in der Hand.

„Ich stelle fest, dass eine dringende Geschäftsangelegenheit mich nach Hause ruft; Ich vertraue darauf, dass es nur für ein paar Augenblicke sein wird", sagte er entschuldigend mit Verbeugungen und einem Lächeln. „Wenn das Bankett freundlicherweise fortgesetzt wird, werde ich mich bemühen, rechtzeitig für die Abschlussreden zurückzukommen."

Mit der Miene eines Monarchen, der sich vorübergehend von seinen Untertanen verabschiedet, wandte er der fröhlichen, protestierenden Menge, dem ihm zu Ehren bereiteten Fest und den , die ihm so am Herzen lagen, den Rücken zu. Er stapfte durch den Schnee der verlassenen Straße, über den einsamen Friedhof und die Flussstraße entlang, um den Kopf einer Porzellanpuppe zu verbinden und die Tränen einer kleinen, halb verrückten Schwester abzuwischen.

Er trägt den gleichen karierten Anzug wie damals, als wir ihn zum ersten Mal sahen, zwar abgenutzt und ausgefranst, aber für diesen Anlass sorgfältig gebügelt, den gleichen mutigen Schal, die gleiche Anstecknadel und die gleiche Uhrkette, obwohl die Uhr fehlt.

Während er mit dem Schneeregen im Gesicht und dem Wind, der durch seine Pracht schneidet, außer Sichtweite verschwindet, pfeift er dabei, ein so mutiger, kräftiger, hoffnungsvoller Pfiff, der den Mut zu den Waffen ruft, der in den Herzen der Menschen schlummert.

DAS ENDE